Pour Jijii,

Ce livre, comme son précédent, a été écrit par Gérald, le personnage principal de cette histoire. Alors ses fautes, erreurs de syntaxes, tournures de phrases à la mange-moi le cul sont voulues. Pour conserver l'authenticité de la langue, pour la préservation de notre beau joual.

Attachez vos tuques avec de la garnotte, ça va rentrer au torse, parole de Pat.

Ce livre, c'est un ramassis de conneries. Beaucoup de rires, beaucoup de sacres, de la violence gratuite pis du sexe.

Faque si vous filez pas pour vous dilater la rate, ben allez voir ailleurs, hostie.

Code ISBN : 9798861334686

Une opportunité sanglante pour un ex-bouffon... 2

Une opportunité sanglante pour un ex-bouffon… 2

par David Lajeunesse

Une opportunité sanglante pour un ex-bouffon... 2

1. Un lunch à Francfort

Waxy's Irish pub
Francfort, Allemagne

Quand on a finalement crissé notre camp de ce *resort* de marde là, on s'est grouillé le cul pis on a pris un vol pour l'Europe. Là, je vous entends me dire "Ouin, mais comment vous avez fait pour partir en sachant qu'il y avait trois-quatre manges-marde de flics qui vous cherchaient ?" À ça, je réponds "vos yeules", les infos de recherches étaient pas encore envoyées aux autorités concernées, j'imagine. Pis *anyway,* c'est tant mieux pour nous, non ?

Faque, en sortant du centre de vacances, Pat pis moi on a volé le *truck* de Marcel. De toute façon, c'est pas comme si y'était pour s'en servir une fois mort. Y'avait rien d'autre de disponible avec les clés dedans de toute façon. Un gros crisse de Lincoln, c'est pas super *top* pour le camouflage, mais on s'en est contre-crissé, fallait partir au plus câlice. Surtout après que

7

Blanche nous ait dit que l'hostie de pétasse de Romy nous a vendu comme une calvaire de tout-croche en manque de *dope*.

- Gerry, on mange-tu là ? J'ai faim comme un tabarnac, je mangerais un orang-outang, câlice.
- Un éléphant.
- Hein ? Comment ça ? Oussé qu'tu voué un éléphant, *man* ?
- Laisse faire, calvaire. *Call* la serveuse si tu la vois. Qu'est-ce tu veux bouffer ?
- Je prendrais ben le saumon de l'Atlantide avec les patates grecques là.
- Hostie que tu fais dur. C'est un mythe l'Atlantide, Pat. Pis tes patates seront pas grecques, c'est des *kartoffelsalat* qui viennent avec le saumon. D'la salade de patates parfumée.
- De quoi une mite ? C'est quoi le rapport du baseball là-dedans câlice, je parle de l'océan. Pis j'm'en câlice de tes hosties de patates, on dirait que c'est toé qui a conquis le menu.
- Conquis le menu... haha ! ... Mais, c'est de ça que je parle aussi. C'est l'Atlantique, pas l'Atlantide. UN MYTHE, pas "une".
- Ah, va donc chier Gerry, tu m'énarves.

On est passé par nos domiciles respectifs chercher nos passeports, Pat a même pris le temps de se faire réchauffer deux pogos au micro-ondes parce qu'y'était pas capable de patienter jusqu'à Dorval. Lui pis ses hosties de saucisses en pâte du tabarnac.

Pas le temps de niaiser, y'a bouffé ses mardes dans le *truck* sur l'autoroute 20 à cent trente kilos à l'heure. En arrivant à l'aéroport, on a laissé le véhicule dans le *parking,* payé pour deux semaines. On avait au moins un sac de transport chacun, ç'a l'air moins louche que si on était arrivé les mains vides comme deux hosties de colons qui ont pas de vie.

Au comptoir de l'agence d'Air France, on a fini par trouver un vol direct pour Berlin à 14h25. On nous a dit avec une bouche en cul-de-poule qu'on était chanceux qu'y avait eu une cancellation de dernière minute, parce que sinon, y'aurait fallu attendre jusqu'au lendemain. Une crisse de chance. Pat a failli envoyer chier l'agent de comptoir d'Air France à cause de son attitude de bouffeux de baguette de pain de câlice. Demandez-moi pas si ça existe vraiment un agent de comptoir, m'en sacre, c'est comme ça que je les appelle.

Plus que deux heures à attendre. On va arriver à Berlin vers huit heures à soir. On dort dans un hôtel adjacent à l'aéroport, pis on prendra la journée d'après pour voir ce qu'on va faire pour pas se faire embarquer par la police plein d'pisse.

On s'est assis tout près de la porte d'embarquement pour être certain de pas manquer le vol. Pat *freakait* à chaque passage d'un *dude* qui se prend pour un agent de la paix. Je lui ai aussi dit de se calmer les nerfs avec le cruisage de belles filles, y me fait honte, calvaire. Y'a commencé à courtiser une belle petite poule libanaise qui se laissait faire en nous servant des joues rouges remplies de gêne, ou peut-être de peur, parce que son mari possessif trippait pas pantoute sur notre cas, mais quand y'a remarqué à quel point on avait l'air de deux hosties de malades, il s'est rassis pis y'a pris son *fucking* trou.

- Je les trouve tellement belles les filles du Moyen-Truand, Gerry. J'aime ça quand elles portent leur *suit* qui leur couvre tout le corps, ça en laisse plus à découvert, euh... à découvrir... Ha ! T'as vu ça Gerry, je me suis corrigé moé-même, *man* !

- N'empêche que ce que je retiens le plus là-dedans, c'est le Moyen-Truand.

- Ah ouin ? J'ai chié le Truand, hein ?

- Sur un moyen temps... La pognes-tu ? Moyen ?...

- Hein ? Je comprends rien, *man*. Les filles de l'Asie d'abord câlice, ben j'pense que c'est l'Asie... c'est tu bon là ?!

- Viens pas fou, Pat. Je me fous de ta gueule. Sauf que celle-là est plus arabe qu'asiatique, mon chum.

Il me sert la face du gars confus, pas sûr-sûr si je le *bullshit* ou si je suis sérieux.

- Ouin... Peut-être.

- Peu importe, gros *dummy,* la serveuse s'en vient nous voir.

La créature-sommelière qui arrive, a pas l'air d'une allemande, elle a l'air de venir de *Pandora.* Pis si c'te patente là est une *chicks,* ben mon nom c'est cochon. Un air hautain, la peau sur les os, une coupe de cheveux digne de Jim Carrey dans *Dumb and Dumber,* blanche comme un hostie de drap de chambre d'hôtel, ouvre sa bouche garnie d'un duvet de moustache molle d'un ado de seize ans. Elle s'adresse à nous en anglais, parce qu'on est loin d'avoir l'air de deux hosties de *fritz.*

- Good afternoon, my name is Anke, I will be your server today. Would you like to start with a beverage ?

Va falloir que je sorte mon anglais parce que ça me tente pas de parler allemand pis Pat connaît seulement *"fuck you"* dans cette langue là. Tant qu'y comprennent ce qu'on veut, même si j'ai l'air d'un crisse de touriste, m'en câlice.

- Hello miss. Yes, we would like two Heineken please.
- Perfect ! I'll be back in a flash…
- Hey ! Wait deux minutes… *shit… I'm sorry… Can we tell you what we want to eat at the same time,* non, *we're ready ?*
- Of course you can.

Bon, je vous épargne l'attente pis la durée du repas, c'est pas important *anyway* pis l'ambiance était plate que l'câlice. Une chance que Pat parle tout le temps, ça passe plus vite.

*

Avez-vous réfléchi à l'endroit où vous irez dormir ce soir mes sacripants ?

- Blanche ! Vous étiez pas supposée être partie chercher de l'aide ?
Oui... Mais je ne l'ai pas trouvé. Il a dû déménager. Ça faisait quand même plusieurs années que je ne lui avais pas parlé, j'ai pris une chance. Je suis désolée mes beaux garçons, je ne peux rien faire de plus. Et puis je crois que mon temps avec vous achève, j'ai de plus en plus de difficulté à me matérialiser à vos côtés...
- Ah, *come on !* Dites pas ça !
Vous croyiez tout de même pas que j'étais pour faire le fantôme encore longtemps ? Je ne suis pas Patrick Swayze. J'ai eu une belle vie remplie d'amour et d'amitié. J'ai aussi été gâtée

en ayant un emploi qui me rendait fière et satisfaite. Et puis, pour combler le tout, j'ai eu la chance unique de vous rencontrer vous, mes deux zouaves, hihi ! Même si ce fut bref.

Elle nous lance ça avec la lèvre du bas qui tremble, pis nous caresse le visage par la suite, de ses mains de maman au parfum réconfortant.

- C'est gentil à vous de dire ça, Blanche, mais c'est trop court.
- Ouin, Gerry a raison, mais je comprends... vous êtes due pour tressaillir, c'est votre leurre, comme on dit.
- Câââlice Pat...
C'est pas grave, Gérald. Cesse de te foutre de sa gueule et écoute-moi bien, et puis toi aussi mon grand toto ; j'aimerais qu'on sorte d'ici, il doit y avoir un parc ou un quelconque espace vert et tranquille pour faire nos adieux... au cas où.

*

J'haïs ça les au revoir... ça m'emmerde. Encore plus ceux qui sont pour la dernière fois.

Pis cette personne-là a été un peu comme ce qui se rapprochait le plus d'une mère pour moi, même si c'était juste pour un très court moment, même si j'ai eu à lui fendre la tête à coup de hache.

Là, j'ai mon bon chum, le seul que j'ai, qui me regarde avec des yeux de chien battu, comme si je pouvais faire matérialiser Blanche devant nous tabarnac. Y va être déçu en hostie.

- Est partie Blanche, *man...*
- *Top notch* ton observation Pat. J'ai ben vu ça. J'ai quand même espoir de la revoir un jour...
- Tu penses ?

*

Une fois sortis du resto, pis après avoir assisté au départ de Blanche, mon acolyte pis moi on est allé faire une *ride* pour trouver un *spot* où on pourrait se dégoter une coupe de péteux. Pas des mitraillettes, ni même des *shotguns* là, juste deux-trois *guns* ben ordinaires pour pas nous obliger à plier les genoux devant les crisses de flics d'Interpol, s'ils finissaient par nous retrouver. Pis laissez-moi vous dire que c'est pas évident pour Pat de lire les pancartes de magasins dans une langue étrangère.

- Comment on appelle ça des magasins de fusils icitte, Gerry ?
- C'est armurier en français, en allemand, cherche quelque chose qui ressemble à *büchsenmacher*.
- Bouchenmaquoi ?! Crisse de langue de *fucké* ces câlices-là, *man*.

Au moins si l'aide de Blanche avait été disponible…

- J'en ai trouvé un, Pat ! Derrière toi.
- Un quoi ?! De quoi tu parles, *man* ?
- Un magasin de *guns*, ciboire ! Regarde, juste là. "Le Thomas Risse Guns". C'est écrit en anglais, pas mal plus facile à trouver.
- Oh *yes*, penses-tu qu'y vont prendre du *cash* ? Pis l'argent du Canada, ça vaut quoi icitte ?
- Ça dépend du taux de change, tête de jambon. Pis j'ai fait changer pour trois mille piasses en Euros en arrivant à l'aéroport, pendant que tu pissais.

- Ah, t'es un p'tit crisse de vite toé… En espérant qu'y parlent anglais. On va avoir l'air fou en câlice si ils parlent juste en allant.
- En allemand, Pat. Pis stresse pas mon chum, je suis certain que oui. Pis je le parle l'allemand, moi, en passant.
- Bon, bon. Crisse de frais chier.

Pat ouvre la porte du commerce en sursautant à cause de la petite clochette qui sonne. Il *pitch* un regard vers le haut de la porte en sacrant à voix basse.

- Calvaire de cloche du saint-ciboire…
- T'es ben nerveux fastoche. Calme-toi, sinon y va nous crisser dehors avant même qu'on ait acheté quoi que ce soit.
- Okay mais c'est quoi l'idée de mettre une crisse de cloche après une porte tabarnac ?
- D'après toi, hostie ? Pour avertir si quelqu'un entre, qu'est-ce t'en pense ?
- Ah, ouin, c'pas fou, *man*.

2. Au magasin de péteux

- Guten Morgen! Willkommen in meinem Zuhause.
- Thank you. Good morning, sir. Do you speak english? My German is not perfect.
- I sure do, my good man. What brings you here, in Germany?

Là, j'ai cherché en hostie dans ma tête à qu'est-ce que je pourrais ben inventer pour pas avoir l'air d'un ti-coune de premier ordre.

- We're on vacation. My friend is passionate about weapons, and we would like to protect ourselves.
- Mmh. You want to protect yourselves against what exactly? Germany is not what it used to be; you know? It's a rather safe country nowadays, hehehe!

Fallait ben que je me fasse poser des questions ciboire… Je m'attendais à quoi, pouvoir acheter un fusil facile-facile comme un *kid* qui se magasine un paquet de gomme *Bazooka* ? Hostie de raisin de Californie.

- I know it's safe. But we're paranoid. I would feel a lot better with a gun.

- I understand, sir. Don't worry, I will help you. But just answer this: are you hiding from someone? I won't tell anyone, I swear. You look like you need a hand, a safe place, am I right?

Hostie, qu'est-ce que je fais ? Je lui dis ? Pourquoi je lui ferais confiance ? Même si y'a l'air d'un bon Jack...

- Kessé qui dit le gars, Gerry ? Penses-tu qu'on va pouvoir s'en acheter ? Y'en pose donc ben des questions lui, tabarnac.
- Calme-toi Pat, ça va aller, je pense que le gars se doute qu'on est dans marde, pis j'ai l'impression qu'il veut nous aider pour vrai.

On peut pas être plus dans le baston que ça, je vois pas comment ça pourrait être pire...

- Yes, you're right. We're wanted, I think. Long story short, my friend and I were "working" for an asshole in a resort in Quebec... we had to kill him and his associate. Life or death situation.

We had no choice. It happened a couple days ago. Interpol is probably after us right now.
- *Don't say more. What do you need? Rifles? Machine guns? A bow and some explosive head arrows? I hate these motherfuckers too! Hehe!!*
- Les nerfs hostie ! *I'm sorry, just some basic handguns, a glock or something similar. Please.*
- Pis ? Kessé qui dit ? Hein ? On va être correct, big ?
- Ferme la, deux secondes ! Le gars va nous aider, il haït la police autant que nous !
- J'ai quand même pas envie qu'on se fasse bourrer, Gerry.
- Fourrer, Pat, pas bourrer.

 Le gars fout le camp dans son *backstore*. Y doit avoir des modèles hors-séries là-dedans.

- *Here you go! Look at these beautiful Sig Sauer! Semi-automatic, chrome plated. Five hundred euros each. Do you need ammunition?*
- *Euh, yes. Please.*
- *Two boxes of two hundred bullets. Is it enough?*
- *It's perfect, thank you very much, sir. Can I ask your name?*

- I'm Reinhold, but you can call me Rin. If you ever need anything else, a safehouse, more weapons, some tactics information, don't hesitate, here's my phone number.

- Thank you so much. I will call you if I need something, for sure. You're awesome.

- My pleasure, sir.

- My name is Gerry, the tall dill weed beside me is Pat.

- Haha! Nice to meet you guys, have a safe day. Here, have these two hunting knives as a gift. If you ever need to kill silently...

- Shit... wow, thanks!

- Don't mention it. And don't forget to call me if you need anything.

Enfin sortis.

- Tiens, v'là ton péteux mon chum, cache le comme y faut dans tes shorts.

- Merci, *man* ! On fait quoi là ?

- On se trouve un hôtel pour ce soir, on reste tranquille. Faut se faire un plan. Un plan pour pas se faire embarquer par les cochons. L'idée, c'est de rester zen, relaxer quelques jours, voir comment se présentent les choses pis passer à l'attaque si quelqu'un de louche se pointe le bout du nez.

- Ouin, c'est pas le temps de se mettre le gras dans l'erreur.

- Quoi ? C'est un bras dans le tordeur, câlice. Hahaha ! Wow.

Après avoir ri de lui pendant un bon quinze minutes, Pat m'a fait remarquer qu'y avait un homme avec un complet gris et chapeau *Fedora* qui nous dévisageait de l'autre côté de la rue, accoté à un poteau électrique. Les bras à demi croisés, un téléphone dans la main gauche, soit il nous filmait, soit il nous prenait en photo.

- Veux-tu que j'aille le voir, Gerry ? J'va aller le brasser un peu, cet hostie-là.

- Non, attends un peu, je veux voir si y va nous suivre, pis pendant combien de temps.

- Faudrait pas attendre que la purée se bouche, *man*.

- ... Va donc faire un tour sur google pis fais-toi imprimer nos expressions Pat.

- Ahh, toé pis tes corrections... Câlice-moé donc patience, Gerry ! Hostie de rat.

Une fois les doigts d'honneur exposés pis les *fuck you* prononcés, je nous ai déniché une agence qui nous louerait un char en acceptant le *cash* comme mode de paiement, c'est rare comme d'la marde de pape. Une belle p'tite minivan. J'sais pas pourquoi y'appellent ça une minivan, c'est plus petit qu'une Fiat, câlice. Mais *whatever*.

- *Nice* la pédo-van Gerry. Y'avait rien de plus louche encore ? On va avoir l'air de deux crisses de mange-moé le salami.
- C'était ça ou un char sport à deux places, genre Ferrari. Les nerfs. On est pas des acteurs de *Magnum P.I.* non plus Pat. La van fera l'affaire.
- N'empêche que ça aurait pu être écrit "Venez vous faire peloter" sur le côté pis y'aurait aucune crisse de différence.

Une fois embarqués dans le véhicule, on s'est mis à la recherche d'un hôtel pour passer la nuit avant de changer de région, pour se pousser du monsieur au costume gris qu'on a vu plus tôt. Pas de luxe cette fois-ci, un petit motel *cheap* fera la job, même si mon chum voudrait ben avoir une suite luxueuse avec des traitements aux petits oignons, l'hostie de guidoune de câlice.

3. Un *fedora,* un vieux Timberlake

On se stationne tout près de notre porte. Pat est allé payer la chambre, y'a plus qu'à se commander un lunch et se reposer jusqu'à demain matin.

En ouvrant la porte arrière de la van pour prendre nos sacs, je vois du coin de l'œil cet hostie de jambon gris dans un char bleu foncé, son christie de chapeau vissé sur la tête, en train de nous observer, encore son cellulaire à la main. Cette fois-ci, je me gêne pas, je ferme la porte et me dirige d'un pas digne du gars en tabarnac, vers la voiture quatre portes d'une banalité exemplaire, c'est ce type de véhicule là qu'on aurait dû avoir, pis je sors ma face du gars qui pense qui fait peur.

- Heille ! T'as tu fini de nous espionner mon hostie de rat ?! Qu'est-ce que tu câlisses ici avec ton téléphone ? T'es qui au juste ?

Le gars décolle en malade sur un *burn* le regard droit devant, il m'a même pas regardé, tabarnac !

Mais il devait me *checker* dans son miroir parce que même pas trois secondes plus tard, il fonce dans une auto parkée trente pieds plus loin. Je décampe dans sa direction. Il se poussera pas deux fois c'te crisse là !

- Gerry ! Qu'est-ce tu crisses ? Après qui tu cours de même ?
- J'ai spotté le gars en gris qui nous *checkait*, y'était assis dans son char, y'a sacré son camp quand y'a vu que j'allais lui jaser pis il s'est ramassé un autre char dans face en se poussant comme une p'tite plotte.

En arrivant près de lui du côté conducteur, je le vois qui barre sa porte. Dans sa tête, y'est intouchable derrière une vitre de char. Pour lui, c'est comme un *tank* blindé calvaire. Fort Knox, hostie.

- Ben t'as tout faux ma bibiche, ouvre la porte sinon je te défonce la tête à grands coups de crosse de *gun*. Comprends-tu le français ? Hein !? Awèye !!

Il me regarde enfin, son cellulaire toujours dans sa main, mais il filme pas personne, ni ne me prends en photo cette fois-ci. Y *shake*, ciboire.

Pat arrive rien que sur une gosse en courant pis sacre son poing au travers de la vitre faisant voler des éclats de verre partout dans l'habitacle.

- Sors de là mon tabarnac ! Tu prendras pas la soupe de pompette certain, SORS !!

C'est encore plus drôle l'entendre décâlisser ses expressions quand y'est fâché.

Mon chum le sort de son auto par le collet, le faisant dropper son hostie de téléphone par terre.

- Là, mon câlice de chien d'hostie, tu vas me dire kessé tu crisses icitte, pis *right fucking now* !
- Enlève tes mains de sa gorge, Pat. Y pourra pas te répondre si y'a pas d'air qui passe le pauvre guerlot.

Pat l'a relâché, mais pas au complet. Je l'entends siffler le peu d'air qui passe.

- Pat ! Lousse ta poigne, y va crever avant de nous avoir répondu !
- Ouin, ok Gerry, s'cuse moé, *man*.

Le monsieur en gris *drop* sur ses deux genoux, le visage bleu violacé. Y pompe l'huile en vieille hostie. Il finit par reprendre son jus pis y'enlève son christie de *Fedora*.

Je sens Pat qui commence à pogner les nerfs.

- PARLE TABARNAC !!

L'espion version *Wish* sursaute pis se met à jacasser en français de France.

- Vous... vous ne comprenez pas ! Je ne vous surveillais pas.
- Ben non, calvaire ! Tu nous as suivis jusqu'icitte esti de raisin. Pis t'es pas super discret, faque arrête de nous *bullshiter* pis embraye !

Je marque une pause à cause du temps mort que mon bon chum a installé avec son franc parler de fond de bois du tabarnac.

- Je suis désolé. On m'a demandé de vous filer. Je ne peux pas en dire plus.

Là, c'est moi qui commence à perdre patience.

- Mon bon monsieur. Je vais faire un effort pour pas t'envoyer chier ou te crisser une volée, dans l'ordre ou pas, mais tu devrais considérer de nous répondre, sans quoi mon copain ici présent se fera un plaisir de te démancher en morceaux. Te faire la peau dans ta langue. C'est tu assez clair ?

Y me jette un regard de poisson mort pis me répond :

- Vous êtes sourd ou seulement qu'un imbécile ? Je vous ai déjà dit que...
Pat lui fout son genou au menton avant même qu'y finisse sa phrase. Le gars est *knock-out.* Finito. Y doit y avoir défoncé le visage. Y saigne même pas, y'a juste l'air mort.

- Oh shit ! Penses-tu qu'y'est déjà...

- Je pense pas non. Tu y as ramassé ça en câlice mais j'irais pas jusqu'à dire que tu l'as tué avec ton *fucking* genou, Pat. Mais clairement qu'y va avoir mal à face. Sauf que là faudrait attendre qu'y se réveille, mais on a pas le temps de niaiser, même avec le peu d'infos qu'y nous a donné. On sait juste que quelqu'un nous cherche.

- Penses-tu que c'est la police, Gerry ? Ben la police d'icitte là. J'sais pas comment on dit ça en allemand mais ça doit pas être évident...

- *Polizei.*

- Hein ?

- *POLIZEI* ! En allemand ! La police ! Câlice Pat ! T'as-tu fumé un bat, hostie ?

- Ben non. J'en ai pas, pis j'tais pas pour emmener ça dans mes valises non plus, j'suis pas un cave !

- Ben... Hahaha !

- *Fuck you*, mon tabarnac.

Je ris de lui un ti-boutte mais je déconne pas trop longtemps, faut faire de quoi avec le monsieur en gris.

- On fait quoi avec c'te *fucké* là, Gerry ?

- Deux choix. Soit on le tue pis on le câlice à quelque part dans un trou ou un fossé, soit on le crisse dans valise de la minivan pis on s'occupe de lui plus tard.
- On peut ben le charrier un peu, *man*. D'un coup qu'y décide de parler une fois qu'y sortira des timbres.
- ...
- Ta yeule, Gerry. J'sais que tu vas me reprendre là-dessus mon hostie. Kessé qu'j'ai dit de tout-croche là ?
- No-non, j'allais rien dire. Laisse faire ça pis awèye, viens-t-en. On part d'ici avant de se faire escorter par un autre crisse de flic du câlice.
- C'est les timbres le mot pas bon, hein? C'est quoi le vrai mot ? Fais pas chier, Gerry ! *Come on* !

Une fois le *dude* ben installé dans la minivan, on l'a attaché à une banquette pour pas qu'y bouge pis on y a câlissé un sac sua tête pour pas qu'y voit où on s'en va ni où on est rendus. On avait juste une couple de kilomètres à faire, vingt minutes gros max.

J'pense honnêtement que si le gars parle pas plus à son réveil, Pat va le tuer. J'sais pas encore si j'suis *down* pour une autre ronde de meurtres pis toute... Par contre, si on fait rien pis qu'on le laisse partir, y va nous *stooler* à ses chums les cochons.

Bah, un mort de plus ou de moins... Pis y'est pas question que j'aille en prison, ici en Allemagne ou ailleurs. *Anyway*, avec les dégâts qu'on a fait chez-nous, au *resort*, s'ils nous pognent, on est *fucking* cuits. J'serais pas surpris de savoir que tous les corps policiers de l'Europe pis de l'Amérique qui existent sont à notre recherche.

- Heille, je pense à ça là, à nous voir aller à liquider tout le monde comme des crisses de malades, tu trouves pas qu'on a l'air des deux fuckés là... Tony and Glide, le couple d'assassins anglais là dans le temps...

Ça m'prends juste une fraction de seconde à comprendre qu'y nous compare à Bonnie and Clyde. J'peux même pas expliquer pourquoi y sort des crisses de noms *random* de même, maudit hostie de perdu de câlice. Haha... Glide hostie.

- C'est vrai qu'on a des similarités avec eux mon chum. Mais *first*, c'étaient des Américains pas des Brits. Pis deuxièmement, y s'appelaient Bonnie and Clyde. T'avais les mêmes sonorités au moins. Jambon.
- Hahaha ! Hostie que t'es con, *man*.
- J'te retourne le compliment fastoche.
- C'est pas un compliment que j'te fais, *man*... Ah pis va donc chier ! Hahaha !

On arrive enfin au motel.

Stationnement du Motel Home Berlin

- On est déjà arrivés ? Ça tombe ben, l'autre guerlot a l'air d'être en train de se réveiller. J'va te l'brasser comme une dinde, y va parler *man*, check ben !
- Attends, Pat ! J'sais pas si on devrait entrer dans chambre pour y crisser des baffes ou si on serait mieux de faire ça ici, dans van.
- Moé j'dis qu'on devrait lui faire la peau icitte. Si on rentre avec lui dans chambre, quekqu'un risque de nous voir, *man*. C'te char là a même pas de fenêtre, Gerry, c'est l'idéal en autant qu'y se mette pas à beugler comme une truite.

Haha... une truite hostie.

Le monsieur en gris nous marmonne quelque chose.

- Qu'est-ce qu'y a *buddy* ? Tu te décides à vouloir nous jaser, là ? Y'était à peu près temps calvaire. Pis c'est pour ton bien aussi, tsé.

J'me suis approché de lui pour lui retirer son *gag*. Ça jase mal avec ça dans yeule. Y postillonne trois-quatre fois pour se débarrasser des p'tites mousses et fibres de coton qu'y étaient collées sur sa langue.

- C'est là là si tu veux parler.
Une seconde et demie d'hésitation.

- Va te faire voir connard. Je dirai rien, vous êtes bouché ou quoi ? Faites ce que vous voulez de moi, vous aurez que dalle de ma part. Je n'ai pas peur de crever.
- Qui t'as dit qu'on allait te tuer hostie de plouc ? Mon chum pis moi on a décidé que ça valait pas la peine, pis que si tu disais rien, ben on allait te faire souffrir à place. On va t'arracher un ongle chaque cinq minutes. Une fois qu'on

aura fini avec tes dix doigts, ben on va s'attaquer à tes crisses d'orteils. Pis si t'as toujours pas dit un câlice de mot au bout de tes vingt appendices pétés, ben on va y aller avec des membres plus gros. Tout s'arrache, tu savais ?

- Allez au diable !

Bon, y'a rien à faire avec lui, y dira rien, on perd notre temps. J'ai dit qu'on allait le torturer mais ça va prendre trop de temps, pis on en a plus tellement, du *fucking* temps...

- Pat, fais ce que tu veux du jambon gris, j'm'en sacre. Faut qu'on passe à autre chose.
- Tu veux tu que je le tue, *man* ? Pis avec quoi ? Le couteau ? Parce que le *gun*, ça va faire un crisse de gros gendarme.
- Vacarme, Pat. Un gendarme c'est un policier français.
- M'en câlice-tu tabarnac !
- C'est ben ce que j'pensais que tu me dirais. Tranche-lui la gorge, c'est silencieux pis rapide.

Mon chum prend pas son temps pantoute pis y lui coupe la carotide aussi facilement qu'une paire de ciseaux neuve face à du papier d'emballage de Noël. D'un coup. Du sang épais pis presque bourgogne jute pis coule de la plaie. Pat lui a ouvert ça comme on ouvre une porte en plein été pour avoir un *draft* de vent frais.

- Tu vu ça *man*, j'en ai même pas sué mains... J'ai pas perdu la mouche en tout cas.
- Crisse oui. Un vrai professionnel du meurtre mon Pat. Tu l'as pas perdue ta mouche, tu l'as pas perdue.
- Tu m'niaises-tu mon tabarnac ?

Ça m'a fait de quoi de le voir tuer le *dude* en gris. Une p'tit serrement de gosses, peut-être... Ou c'est de la jalousie mal placée ? Parce que j'avais envie de le faire crever moi-même ? Peut-être ben... Y méritais-tu de mourir ? J'sais pas. Mais m'en câlice, y'était pas là pour nous sauver, faque...

En fouillant dans ses poches, on a découvert qu'y s'appelait Jérôme Laplante pis qu'y travaillait pour une compagnie d'import-export. Belle couverture pour cacher que c'était un agent d'Interpol. On a trouvé son badge dans sa poche de veste intérieure. *"Criminal investigation"* *"Department of the Interpol"* *"Special Agent"*. Matricule 7159.

4. Pat a le goût de fourrer

On a laissé le cadavre dans la van pis on est allé se coucher. Pat voulait pas dormir, y voulait sortir dans un club pour boire quelques *drinks* pis fourrer une p'tite européenne. Une allemanaise qu'y m'a dit cette fois-ci. Crisse de fou, hein ? Si y'existait pas, faudrait en fabriquer un.

On aurait dû se faire faire des fausses cartes au *gun* store. J'y ai pas pensé sur le coup. J'vais l'appeler pour voir s'y connaîtrait pas des gens qui font ça...

Je sors de la chambre pour aller nous chercher deux cafés à l'accueil pis j'aperçois deux flics locaux en train de zieuter notre minivan.

- *Überprüfen Sie das Nummernschild, um herauszufinden, wem es gehört.*
- *In ordnung.*

Shit !! *Fuck* le café, faut décrisser au plus tabarnac ! Ils checkent la plaque hostie !

J'fais un sprint en silence en direction de la chambre, j'sers les dents pis lui lance qu'on doit partir tout de suite, que les cochons scannent la plaque de notre minivan.

- Y'a deux flics dehors qui rôdent alentour de notre voiture *big*, y'ont pas encore vu le gars mort à cause des panneaux mais ça devrait pas tarder.
- Quoi ?! Déjà ? Crisse, par où on sort d'abord ?
- Viens, on va passer par la porte arrière, pis j'va appeler Reinhold, le gars du magasin de fusils. J'vais lui demander s'il pourrait pas nous dire qui pourrait nous faire des fausses cartes pour qu'on puisse louer des chambres pis des autos.
- Okay l'gros. Penses-tu que quand on aura fini de courir pour aujourd'hui, qu'on pourra se faire une bonne p'tite bouffe ? Pis j'aimerais ben ça qu'on se trouve des belles plottes pour finir la soirée… j'ai le goût de fourrer, Gerry.
- Toé pis ton fourrage ! On est pas en vacances fastoche, prends ton gaz égal, relaxe. J'veux juste qu'on s'assure qu'on est en sécurité pour la soirée, après, tu baiseras qui ou quoi tu veux, mon chum.

Un peu plus loin dans une clairière, je spot une cabine téléphonique (ç'a l'air qu'y en reste encore ici) pis je sors le papier avec le numéro de Rin de mes poches pis pitonne le numéro de mon sauveur germanique.

- Tu penses-tu qu'y ont déjà ouvert la van, Gerry ?
- Ta yeule deux secondes, ça sonne !
- *Ja*?
- *Mister Reinhold*?
- *Positive.*
- *Gerry speaking, we bought some guns from you yesterday, you remember us?*
- *Ja. What can I do for you good sir? Already in trouble?*
- *Yes. Big time! We had to abandon our vehicle in the motel parking lot, and some police officers were scouting it. We left through the back door but we really need help right now! We're on foot. Can you send someone to pick us up? If you can? I'll pay you a lot of money.*
- *I'll go myself, where are you exactly?*
- *In a field, about five hundred meters behind the Motel home Berlin.*
- Pouvez pas parler en français, tabarnac ?

- Le gars est allemand, Pat. Y parle l'allemand pis l'anglais. C'est déjà ça calvaire !
- Mais j'comprends rien ciboire ! C'est long !
- J'sais pas quoi te dire *big*, apprends l'anglais, prends ça *cool* pis pense à ce que t'aimerais faire à soir si jamais on est tranquille un minimum. Tin, imagine-toi en train d'en prendre une par les fesses pendant qu'une autre te fout son doigt dans l'cul, ça devrait t'occuper un ti-boutte... Hahaha !
- Wow man, t'es t'un crisse de malade.
- Arrête donc ! Regarde, si ça va ben pis qu'on réussit à reprendre le dessus, j'te promet qu'on va faire le *party* à soir, okay ?
- Okay *man*, j'te prends au pot.
- Au mot, calvaire. J'te prends au mot, Pat.

Y me tend son majeur de la main droite en me souriant comme un mongol. On se penche en riant comme des tatas, pis on attend. Rin m'a dit de surveiller l'arrivée d'un Hummer aux couleurs de camouflage. Pas discret pantoute c'te *fritz* là...

*

Reinhold nous ramène à son magasin à bord de son trans-atlantique aux couleurs de l'armée. Y doit pouvoir grimper sur l'*Empire State building* avec un *truck* pareil. Si y manque du monde pour une expédition sur l'Everest, le gars inscrit son fucking camion.

- *Komm, schnell*!
- Quoi ? Qu'est-ce qu'y dit ?
- Juste de le suivre, pis vite !

Y'a laissé son magasin pour venir nous chercher lui-même ? Drôle de façon de fonctionner. *Fuck* les clients si y'en avait. Tout un homme ce gars-là.

- *You can stay here as long as you want, I even have some rooms in the back store if you need to sleep without expecting to get shot at.*
- *Thanks, but we really need to move. Do you know someone that could get us fake ID's? It would be a lot easier if we wanted to rent a room or a car.*
- *I can do that myself. I have everything we need. New passport, new driver's license, whatever you need, I can make it. But what do you want to do exactly? Run from the police your*

whole life? That's no way to live your life, mein freund.

- I know. You're right. We don't want to run forever, but there are a lot of people running after us. A lot of people want us dead, probably some of our boss's friends that were at the resort with us. They had mercenaries, but I'm not sure how many. Maybe if we get new passports, we'll be able to hide longer and better. Maybe with time they'll leave us alone. But I'm surely dreaming...

- Y'a tu quelqu'un qui va finir par me dire ce qui se passe, calvaire ? J'suis dans le flanc là...

- T'es dans le néant, Pat, pas le flanc. Pis ça sera pas long, j'fais juste répondre aux questions de notre ami Rin. Pis y'est assez sympa de nous aider.

- Okay, *man* ! J'va patenter. Euh, patienter.

- Bon chien. Hahaha ! Y va nous faire des nouveaux papiers pis un nouveau permis de conduire.

- Good. Après ça, on peux-tu aller dans un bar ? J'ai soif, pis ma graine aussi.

- Toi pis ta crisse de queue. C'est elle qui te dirige, hein ?

- J'pense ben, Gerry, j'pense ben, mais toé aussi c'est ta graine qui te... qui te...

J'ai passé la commande pis mon *chum* Rin m'a dit que ça prendrait pas plus qu'une coupe d'heures. On en a profité pour se refaire une beauté. Bon, juste une douche pis un brossage de dents là, on est pas des hosties de plottes barbouillées quand même.

5. C'est Romy ça, tabarnac ?

- *Man*, y'a un *show* de Pantera dans un bar pas loin d'icitte, j'ai déjà fait un *google map* pour savoir c'était où. J'suis efficace hein, Gerry ? On peux-tu y aller ? Ça va nous faire du bien.
- C'est quand ? À soir ?
- Ouin, à dix heures. C'est bon ? Pis j'les ai jamais vu ailleurs qu'à Montréal c'te groupe là. Ça va être fou raide !
- Okay, mais si jamais on voit quelqu'un de louche, on décâlisse, okay ? Pas de niaisage mon grand saint-ciboire.
- T'inquiète pas Gerry, l'gros.

En sortant du magasin de *guns* avec nos nouveaux documents, on s'est grouillé pour trouver un motel, pas trop loin de chez Reinhold, au cas où. On a loué un char tout de suite après, un Holden quatre portes. C'est la marque australienne de General Motors. Une bouette mais bon, on va faire avec, pis c'est pas mal plus discret qu'une crisse de pédo-van blanche non lettrée.

Pat lui, y veut juste voir une coupe de poules pour satisfaire son pénis exigeant, *that's it*.

49

Bar Supamolly
Berlin

En entrant dans le bar, on s'est fait ramasser par une odeur de sueur. Dégueulasse. La musique était pas trop forte, juste un p'tit *background* tranquillos. Le *show* de Pantera est pour vingt-deux heures, encore trois-quarts d'heure à patienter. Ça sent déjà le *weed*, même si c'est pas légal d'en fumer à l'intérieur à Berlin. On s'installe au zinc pour commander nos premières consommations, parce que j'ai pas l'impression que ce sera les dernières. La soirée va être longue si je me fie aux besoins de mon débile de chum.

On jase de musique pendant que tous les clients présents au bar nous enlignent et nous regardent avec des yeux soit inquisiteurs, soit curieux. Pourquoi ? Encore, parce qu'on est loin d'avoir l'air de... ? Vous avez raison, deux hosties de *fritz*. C'est surtout les filles qui nous regardent. Pis y'a pas juste des *cutes*, y'a beaucoup de toutes-croches, comme partout ailleurs sur cette crisse de planète de marde là.

Pat est assez content d'avoir beaucoup d'yeux sur lui par contre, le grand tabarnac.

- T'as-tu vu comment elle me regarde, Gerry ? J'pense qu'à m'veut man, pis pas rien qu'un peu. À m'fait des yeux cochons pis des lichages de babines. Crisse de charrue, hostie ! Haha !
- Ouin, j'la vois. T'es dans marde mon chum, hahaha ! Ou béni des dieux, c'est selon. Mais d'après moi, tu vas passer toute une nuit si tu réussis à l'avoir.

Juste comme je finis ma phrase, je vois une silhouette d'un *sex-appeal* d'enfer passer la porte d'entrée. Mais ça a rien à voir avec un corps de femme standard, rien à voir avec une belle femme. C'est autre chose. D'une classe à part. Je la vois floue pour l'instant. On dirait... ROMY ??? Ben non tabarnac... ça peut pas être elle... C'est pas possible, hostie !

- Pat...
- *Fuck man*, j'va virer fou icitte...
- PAT !
- Hein ? Kossé qu'y a ? Crie pas câlice !
- S'cuse-moi *big* mais Romy est ici...
- Qui ça ? C'est qui Ronnie ?

51

- Pas Ronnie ! ROMY, TABARNAC ! Romy, la *barmaid* du *resort* qui nous a chié d'in mains. La bombe rousse, belle comme un soleil de minuit.
- Tu m'niaises, hostie ?! Voyons donc câlice, kessé qu'à crisse icitte, elle ? À va nous *spotter* !

C'est déjà fait. Elle a levé la tête dans ma direction quand j'ai crié son nom comme un hostie de jambon.

Pis j'avais déjà presque oublié à quel point elle est sublime. Comme j'vous ai dit dans le premier tome, pis v'là à peine un paragraphe, elle est juste trop... elle est *too much* pour notre planète, *too much* pour mon histoire, tabarnac. Genre qu'y a pas un homme sur la terre qui la mérite, qui peut la combler sexuellement et intellectuellement. Mais j'pense quand même que j'aurais pu me la taper, avant qu'elle nous trahisse comme une grosse vache.

Le comble de la terreur, c'est qu'elle s'en vient avec son éclatante chevelure de feu. Sans gêne, en me regardant drette d'in yeux. Elle avance vers nous comme une panthère. Les gens se tassent, s'enlèvent de son chemin, comme si elle était embrasée, comme si elle était le pôle opposé de tous ici présent. Sauf moi. Elle a tellement le regard soudé au mien que ça fait mal. J'ai de la misère à garder le contact, j'ai le goût de baisser les yeux, ou de les cligner, mais j'peux pas, sinon elle gagne. J'sais pas quoi, mais j'ai perdu si je plie le premier.

Romy est enfin devant moi, à vingt petits centimètres de ma tronche de *cake*. Mon pénis réagit le premier. Y se dresse pour humer l'air. Une bouffée qu'il a déjà eu la chance de respirer. Il la reconnaît, même s'il n'a pas encore eu la chance de la bécoter avidement. *C'est Romy, ça*, me chuchote-t-il, mentalement, comme une hostie de tête de gland.

- C't'en plein ça mon... que je lance en réalisant que j'allais approuver la réplique de ma bite à voix haute.

Pat est immobile comme le David de Michel-Ange. Il regarde Romy comme si elle était morte depuis trente ans.

- Salut Gérald, Pat. Comment vous allez ? Je m'excuse, je me suis permise de venir vous voir, vu que vous êtes partis en sauvages du *resort*. J'ai besoin de te parler Gerry, on peut s'isoler un peu ?

Y'a plein de monde qui nous dévisagent. Genre "de kossé qu'à câlice avec ces deux débiles là". Je leur lance une coupe de sourires poches, une coupe de clins d'œil fiers pis je retourne mon attention sur la délicieuse déesse devant moi.

Pat prend la parole avant que je bafouille quelque chose à l'ange rousse.

- T'as besoin d'avoir une crisse de bonne raison d'être icitte, man, Romy. Avec ce que t'as faite, on pourrait te tuer drette icitte, pis c'est ce que tu m'irrites de toute façon !
- Oui j'en ai une bonne raison, il fallait que je vous vois. Ben, il faut que je parle avec Gérald, ça te dérange-tu si je te vole ton ami pour quelques heures ? T'en profiteras pour te trouver une petite poule pour la soirée, je suis certaine que t'en a envie.

Pat ouvre la bouche pour lui exprimer son désaccord mais j'lui coupe la parole avant qu'y dise une autre niaiserie.

- C'est correct, Romy. Mais je te laisse une heure pour me convaincre de pas te faire la peau.

Voir que je briserais une œuvre d'art...

- T'inquiète, ça m'étonnerais que tu veuilles me tuer après ça.
- Après quoi ?
- Tu verras.
- Tu vas me laisser icitte tout seul, *man* ? T'es un crisse de fou, Gerry !
- Une heure, gros max. Si j'reviens pas, c'est parce qu'elle m'a tué, hostie.
- Ça ira pas jusque là mon beau. Je te promets de ne pas essayer de t'assassiner. Je veux juste te parler.

Hostie...

Mon chum se résout à son sort pis me laisse m'éclipser avec Romy. Mais pas sans m'avoir garroché un regard de chiot qui regrette d'avoir fait pipi par terre.

J'finis mon verre d'une traite, ramasse mes clefs sur le zinc pis j'décrisse au bras de Romy.

- On va où ? On vient d'arriver à Berlin, faque j'connais pas trop les *spots* où on peut jaser en toute tranquillité.
- Dans ma voiture. C'est sécuritaire et silencieux.
- Bah, c't'une place comme une autre.

Elle débarre sa porte en appuyant sur un piton de sa télécommande, s'assit derrière le volant pis déverrouille ma porte dans le même geste. J'prends place à côté d'elle, en la surveillant du coin de l'œil. J'sais pas pourquoi, mais j'la trust pas full pour le moment.

- Enfin seuls. Ce n'est pas que je l'aime pas ton copain, mais il a tendance à gueuler un peu fort et puis je ne veux pas qu'on se fasse déranger ou surveiller.

J'vois pas comment elle pourrait être stressée ni pourquoi elle veut pas se faire *watcher*, c'est elle qui nous a mis dans marde de même...

- Tu nous a vendus comme des esclaves, Romy ! Pourquoi t'as fait ça ? J'pensais qu'on était des amis, tabarnac !
- D'accord, relaxe Gérald, je vais tout t'expliquer. Tiens, j'ai apporté un joint, en veux-tu ? Ça va te calmer un peu.
- Pas tout de suite, non, ah pis awèye donc... Bon, *shoot*, hostie ! J'hésiterai pas à te crisse une balle entre les deux yeux si t'actives pas.

Ben oui mon Gerry... ben oui...

- Je sais très bien que t'en serais pas capable, Gérald. Tu me veux trop, je l'ai vu dans ton regard quand tu m'as reconnue au bar.
- Pfff... (elle a crissement pas tort) Comment t'as su qu'on était là ?
- Tu connais Reinhold, je crois...
- L'allemand du *gun store* ? Ouais, il nous a aidé avec une coupe d'affaires.
- Ben c'est mon ami. Il m'a appelé pour que je vous refile un coup de main, j'étais déjà à Paris alors j'étais pas très loin...

- Évidemment que c'est ton ami, le monde est p'tit, hein ? Faque maintenant vous êtes deux à vouloir qu'on se fasse pogner c'est ça ?

Elle me sert un regard rempli de déception.

- Gérald, j'ai appelé les flics parce que tu m'as abandonnée là-bas, je me suis sentie trahie, comme de la vraie marde, parce que je croyais que tu ne pouvais plus te passer de moi. Je suis tombée amoureuse de toi, moi ! Je voulais pas que tu disparaisses ! Peux-tu comprendre ça ? Je m'excuse vraiment ! J'ai agi sous l'impulsion et je le regrette tellement ! Je veux me racheter !

Ou ben c'est une actrice phénoménale, ou ben elle me manipule comme une danseuse nue devant un jeune boutonneux plein de cash.

Parce qu'elle pleure. Elle braille, tabarnac !

- T'es sérieuse là ? *What the fuck*, Romy ? Jamais j'aurais osé penser que tu m'voulais. J'sais ben que ç'a cliqué solide entre nous... mais une fille de ta trempe (ouache, trempe) se ramasse jamais avec un mange-marde comme moi... ou Pat.

- Je comprends comment tu te sens Gérald. J'aimerais cependant que tu me laisses la chance de te prouver que je suis pas une grosse conne, une profiteuse, et puis que je ne voulais pas de toi parce que t'avais ramassé le magot, mais bien parce que notre relation en est une spéciale, unique, qu'on ne retrouve pas partout dans tous les films *kitch* d'Hollywood.

Elle continue en me disant qu'elle a gardé contact avec le détective à qui elle a tout raconté au *resort*. Que cet enculé de bouffeur de beignes est ici, en Allemagne, pour nous mettre la main dessus. Qu'il s'est mis en équipe avec Interpol, pis qu'il attend juste un coup de fil de Romy pour nous arrêter, Pat pis moi.

Je lui fais comprendre que j'approuve en hochant la tête. Que j'lui fait confiance, que j'la crois. J'suis con, hein ? Ben quoi ? J'peux pas lui résister, y'a rien à faire. Au pire, ça va finir de même pis that's it. J'aurai essayé bout d'crisse.

Elle me regarde de ses yeux verts explosifs. Je fonds. Encore.

Romy sort son cellulaire de sa poche de veste et pitonne un numéro de téléphone en me mimant son index sur sa bouche céleste, de rester silencieux.

J'me demande ben ce que Pat fout. Bah, y doit être en mode "scan de *chicks* avec des belles fesses". J'espère qu'y trouvera chatte à sa bite le pauvre. Moi, j'ai gagné le *jackpot* ici si ça se déroule comme c'est supposé.

- Bonsoir, détective Soucy, Nicolas Soucy ?
- Lui-même. (*Cool*, j'entends ce qu'y se disent)
- C'est Romy Tétrault.
- Ah ! Très heureux de vous entendre mademoiselle Tétrault. Qu'est-ce que je peux faire pour vous ? Vous avez finalement décidé d'accepter mon offre d'aller dîner ?
- Haha… Ce serait très plaisant, j'en conviens, mais ce n'est pas pour ça que je voulais vous parler. C'est que j'ai trouvé les suspects ici, au bar SupaMolly à Berlin. Ils ne m'ont pas repérée mais j'aimerais que vous vous en occupiez avant qu'ils me reconnaissent et me tuent. J'ai peur pour ma vie, vous savez…

- Alors allez vous cacher, ne bougez pas ! J'arrive !
- Vous venez seul ?
- Pour le moment oui, je demanderai des renforts si j'en vois le besoin. Je répète, cachez-vous ! Je suis là dans vingt minutes, dix-huit minutes !
- D'accord. Je vous texte l'adresse.

Romy raccroche, texte l'adresse du bar au chien et me fixe dans le blanc des yeux.

- Voilà. Il s'en vient, il sera ici dans dix-huit petites minutes. Ça te donne le temps d'aller chercher Pat. Je vais diriger le détective vers la ruelle là-bas. Tu pourras ensuite faire de lui ce que tu veux, c'est désert comme endroit.
- Mais, t'es complètement folle hostie ! Y'arrive quoi si c'est lui qui me tue ? C'est un flic entraîné, pas moi !
- Je suis certaine que vous saurez quoi faire. Je vous ai vu à l'œuvre, Gérald, ne l'oublie pas. Vous avez l'air de deux pros. Je veux être avec toi. Je veux faire partie de ta vie. Et je veux que tu me baises passionnément ! Je te veux... TOI !

En prononçant le dernier mot, j'ai vu comme des éclairs orangés dans ses pupilles... what the fuck, hostie ?

Y'a des fils qui se sont touchés dans ma tête. Un gros crisse de déclic. Une chance évidente à prendre, la chance d'être heureux une fois dans ma vie. De vivre sans avoir peur de la finir seule, même si j'suis pas encore certain qu'elle nous mène pas en bateau. Pis ça m'énerve en tabarnac.

- C'est bon Romy, j'va l'faire. Mais y faut que j'avertisse Pat, j'ai besoin de lui, au cas où ça vire mal. Pis *anyway*, y me le pardonnerait pas si j'faisais ça tout seul. C'est mon meilleur chum, j'dois lui dire.
- Je sais bien que vous faites ça à deux, je voulais te parler seule à seul juste pour te prouver ma sincérité. Pour te montrer que je suis avec vous sans que Pat vire fou ou crie à l'injustice. C'est plus tranquille quand il n'est pas là, haha !
- Ah, ça, j'te l'accorde, Romy ! Hahaha !

Sur ces mots, j'décrisse à l'intérieur chercher mon chum presqu'en courant. C'est pas une surprise de l'voir avec deux filles. Une blonde pis une autre qui voudrait ben l'être. Une *cute* pis une abominable femme déconcrissée qui voudrait être aussi *hot* que sa copine. Pis abominable est assez sympa, parce que j'pourrais dire qu'on a l'impression qu'elle a couchée avec une moissonneuse-batteuse tellement est maganée.

- Pat ! Lâche les filles pis viens t'en ! Le détective de la Sûreté est ici à Berlin, Romy est de notre bord, en tout cas pour le moment.
- Oh *shit* de crisse! Elle nous le sert sur un poteau de ciment !
- Plateau d'argent. Fais un effort, tabarnac ! Pis c'est pas parce que je t'ai pas donné les outils pour pas avoir l'air d'un hostie de tarla à tout bout de champs câlice ! Ha !
- Haha ! Mange donc d'la marde, Gerry ! Monsieur gros cerveau.

En sortant du *building*, Romy se jette presque sur nous autres pour nous cacher derrière une auto de *parkée*.

- Vous en avez mis du temps ! Vite, baissez-vous, je vais aller l'accueillir, ensuite je vais le diriger dans la ruelle là-bas. Il vous reste juste à l'attendre et lui faire ce que vous voulez par la suite. Je vais patienter ici. J'ai déjà hâte que tu reviennes, Gérald.

- Pis moé ? J'suis d'la marde ? Crisse, c'est chien en hostie !

- Haha ! Ben non Pat, mais tu sais bien que ma relation avec Gérald est plus… intense qu'avec la tienne. Prends le pas mal voyons !

- C'est juste un hostie de gros sensible sous ses huit pieds et demi de tueur. Plus le temps de niaiser, allez hop cascade !

6. Romy, 1, La police plein de pisse, 0

J'regardais Romy manipuler le détective comme si c'était juste une *fucking* marionnette. J'voyais ben dans ses yeux de mécréant à quel point il voulait avoir l'ange rousse dans ses draps. Mais j'le comprends, c'est pas tous les jours qu'on a la chance de visualiser une créature comme ça. Ah, les femmes et leur pouvoir d'attraction, hein ?

Elle lui flatte l'avant-bras en le fixant dans les yeux. De douces paroles enfirouapantes.

Elle lui indique le chemin à prendre, lui montre où on est cachés. J'espère toujours qu'elle nous trahira pas encore. Elle me l'a prouvé, non ?

J'reste quand même sur mes gardes, on sait jamais, hostie.

- Je les ai vu partir vers cette ruelle-là, y'a genre… trois minutes. Ils ne doivent pas être loin.

- Parfait mademoiselle Tétrault, allez vous cacher dans le bar, je viendrai vous chercher lorsque ce sera terminé et que ces deux bozos seront bien assis sur la banquette arrière de ma voiture, et menottés. Ça va être bon pour ma carrière, ça ma jolie. Bon dieu que vous êtes magnifique. Et je vous remercie pour cette opportunité, Rom... mademoiselle Tétrault.
- Haha... ça me fait plaisir. J'y vais, soyez prudent.

P'tite crisse, hahaha ! Elle a la main dans son cul pis elle fait ce qu'elle veut de lui, il obéit comme un bon chien-chien.

Y'arrive, le bleu. Je l'entends.

Je chuchote à Pat de rester tranquille pis de pas bouger.

J'entends des pas pis des reniflements. Le détective est un chien ou quoi ? Y doit avoir le sens de l'odorat ultra-développé. Faque dans le fond, c'est pas un nez qu'y a, c'est une crisse de truffe de berger allemand. Appelons le... Cujo ! Non, j'ai trop de respect pour ce *fucking* cabot de malheur là... Hooch ! Comme dans le film avec Tom Hanks, y bave en saint-ciboire c'te chien là, pis le détective écume la même quantité sur Romy, faque on y va avec Hooch.

Pat pis moi on est cachés derrière un *container*, Hooch doit être vraiment proche parce que j'entends même ses rotules craquer. Y passe à côté de nous sans nous voir pis y continue son chemin vers le bout de la ruelle, là où y'a une grande clôture, y va virer de bord...

J'mentionne à Pat que j'm'en occupe, mais y veut pas pantoute.

- Non, man, *check* ben ça, qui m'dit.

Dans sa tête, Pat c't'un gladiateur, un combattant *MMA*, un samouraï pis même un lutteur sumo si y s'y mettait, hostie. Faque j'le laisse aller, on verra ben, pis j'suis pas loin si y fait le tarla pis qu'y s'la pète.

Il me fait signe qu'y va le piquer avec son couteau, que ça fait moins de bruit. Vous devriez y voir la face, y'est tout content, ciboire.

Il attend que l'agent repasse devant où on est cachés pis y saute dessus en lui câlissant sa lame dans le flanc droit, juste en dessous de ses côtes.

- AARRGHH ! qu'y gueule. (ç'a l'air de faire mal en crisse)
- T'in mon tabarnac ! T'aurais dû rester chez-vous pis nous sacrer potence, monsieur la police, *man*. Là, j'va t'tuer l'gros.

Pat, c'est aussi un passionné. Ben, pas pour beaucoup de sujets mais quand y trouve quelque chose qui le fait tripper, comme de tuer des malfrats, ben y'est un peu intense.

- J'devrais y crisser le couteau dans l'œil ou dans l'front pour l'achever, *man*, Gerry ?

Vous voyez c'que j'veux dire ?

- Ben, euh… c'est sûr que dans l'œil c'est plus mou, donc plus facile à enfoncer qu'un crâne, Pat.
- Ah ouin, c'pas fou.

Pis sans hésitation, y t'y câlice la lame chromée au complet, en plein dans son "quenoeil" gauche. C'est horrible, mais *cool* en même temps. J'ai le goût de rire pis de vomir simultanément. Le gars, lui, y'est mort en hostie. La bouche ouverte, le jus d'œil mélangé à du sang qui dégouline sur sa joue, c'est vraiment sexy.

- Ça m'tentait pas de gosser *man*, s'cuse-moé si j'ai prici... préssi... ah, tabarnac!
- Précipité, Pat.
- Booon ! Merci *man*, haha ! Crisse hein, c'pas facile.
- Hahaha ! Hostie de jambon ! Le gars s'vide de son sang pis nous autres on rit comme des crisses de tatas.
- Qu'y aille chier c't'hostie là, Gerry. Pis si y'en a d'autres qui veulent nous faire la peau, ben... ben...
- Ta yeule fastoche. Vite, faut aller chercher Romy pis décrisser d'ici au plus crisse.

Décrisser au plus crisse... belle créativité de junior du câlice, hein ?

- T'as pas peur *man* ? J'veux dire que... qu'à pourrait nous rôtir la bile encore une fois. Pourquoi t'a trust autant tout d'un coup ?

Celle-là je peux pas la déchiffrer, j'imagine que ça doit vouloir dire qu'elle pourrait nous trahir ou nous mettre des bâtons dans les roues...

- J'sais pas, Pat. Son regard peut-être... Mais elle a l'air vraiment sincère, l'gros.
- Ben oui c'est ça *man*, *fuck you* câlice ! C'est ta graine qui a pris possession de ta grossière prise.
- Matière grise, tabarnac !
- Heille, les nerfs Gerry ! C'est justement ça qui se passe. Toute ton sang est dans ton pénis *man*, tu peux pu réfléchir pis t'es blanc comme un gras.

Ciboire... Hahaha... On s'ennuie jamais avec ce grand crisse de débile là...

- En tk, Pat, fais-moi confiance, ça va ben aller. Au pire si ça vire mal, on l'élimine. Mais donnes-y un peu de temps pour te montrer qu'est *legit* s'te plait.
- Okay *man*, mais oublie pas que le sort repose sur tes genoux Gerry, pis juste les tiens.
- Hahaha ! J'oublierai pas mon chum, j'oublierai pas...

7. Un court moment avec la rousse

- Et puis ? L'avez-vous trucidé ? Est-ce qu'il est vraiment mort ? Où avez-vous caché le corps ? Est-ce qu'il est toujours en un morceau ou vous l'avez découpé en rondelles comme un concombre ?
- Comme dirait Gerry, les nerfs cocotte avec ton *six pack* de questions... Une à la fois hein, Gerry ? Haha !
- Ouin, t'es t'intense Romy, calme-toi ! Mais ça va, ça va, y'est mort-mort. Pis on l'a laissé en un seul morceau, y'est encore en pleine face dans ruelle, on y a pas touché.

Elle sirote son verre de vin blanc comme une agace, en me pitchant des yeux... satisfaits. La madame est contente.

- D'accord. Et Pat ? Appelle-moi pas cocotte, sinon je te fous mon pied au cul, j'haïs ça comme c'est pas possible, et j'ai rien d'une cocotte, ni d'une princesse d'ailleurs, si ce mot là est aussi dans tes choix.

- Okay, j'm'excuse Romy, *man*.
- C'est ben beau tout ça, mais on fait quoi là ? Si notre détective à la con a mentionné à un collègue qu'y s'en venait ici pour nous ramasser, y tarderont pas à débarquer, on devrait pas rester dans l'coin. As-tu une chambre d'hôtel de réservée à quelque part ?
- Non, pas encore, je vis dans ma voiture pour le moment. Pas de chance à prendre.
- Nous autres, on s'est fait faire des nouveaux noms, Romy. Des nouvelles édentitées ! Tu devrais faire la même chose. Pis ça fait vraiment *Games Pond* !

Elle regarde mon chum comme si y'avait dit qu'y se faisait faire des pipes par des canards pour voir si c'est vrai que ça rend la graine plate comme leurs becs. Pire, comme si y'avait dit qu'y se badigeonnait de sang de bébés orphelins pour rester avec la peau ben en santé, et pendant très longtemps.

- Cherche pas à comprendre tout ce qu'y dit, Romy. Moi j'commence à être habitué, mais le commun des mortels a encore ben d'la misère avec ses tournures de phrases.
- Va donc chier Gerry. Ça, tu l'comprends tu ?

- Affirmatif. Faque c'est quoi le plan ? Honnêtement, j'dormirai pas dans un char Romy, mais tu peux crasher dans notre chambre si tu veux.

Pat me sert la face du gars qui veut dire qu'y a pas envie de faire le spectateur, qu'on a juste deux lits, pis que si j'crèche aux côtés de la belle rousse, ça veut automatiquement dire qu'on va fourrer. Mais j'suis pas un enfant de chienne, j'la baiserai pas devant lui quand même, surtout que les lits en question sont crissement proches l'un de l'autre. J'lui laisserai pas le loisir de se crosser à côté de nous si on décidait d'essayer de baiser, même discrètement. J'suis quand même pas faite en bois, hostie, tsé.

- T'es-tu sérieux tabarnac !? Voir que j'va endurer ça ! J'sais pas si tu te souviens Gerry, mais j'serais *down* pour fourrer moé aussi, okay ? Si vous fourrez à côté de moé, j'me caresse la graine *live*, c'est bon ? C'est chien en crisse, j'pense que m'a m'prendre une chambre juste pour moé. Même que j'devrais retourner au bar me chercher une p'tite...
- J't'arrête Pat. On a pas besoin d'entendre ton qualificatif obscène.

73

- Hein ?
- Laisse donc faire, câlice. On fera rien, mais tu restes avec nous, c'est trop risqué qu'on se sépare pour tu-suite.

Y'a l'air convaincu. Mais juste un peu parce que quand y'est pas sûr, y'a un œil qui danse la macarena. Faque je laisse ça mort pis je fais signe à Romy qu'est bonne pour rester avec moi pis mon hostie de débile de chum.

- T'inquiète Pat, je lui ferai rien de mal à ton Gerry. Je vais seulement partager le même lit.

Elle lui dit ça mais avec un p'tit sourire de garce manipulatrice ravie. Crisse qu'est belle...

- Vous voulez me faire accroire que vous allez vous r'tenir ? Si j'étais à place de Gerry, je me dirais *fuck you* pis j'te baiserais drette là avec moé à côté, hahaha ! Faque on verra, mes crisses de cochons.

Grand mongol, t'inquiète pas, y'est pas question que je couche avec une déesse pareille avec ta tronche de défoncé à côté de moi.

- Ben non, Pat.

Fuck you, Pat.

J'vous épargne notre nuit tranquille, Romy pis moi on a rien fait bâtard, j'vous l'jure ! Vous êtes contents là, mes tabarnacs ? Pas que ça nous tentait pas, loin de là. Bon, y'a eu un peu de frottis-frottas mais rien de plus cochon que ça. Une coupe (plutôt énormément-beaucoup plus qu'une coupe, dis-le câlice !) de chatouillements dans le bas ventre, rien d'extraordinaire, à part mon érection. Jamais eu le bat dur de même, câlice. Pis elle sentait... le paradis, hostie de câlice de tabarnac. C'est pas humain d'avoir eu à résister une pareille opportunité, calvaire.

Ce qui m'surprend le plus, c'est que Romy est plus là. Elle m'a laissé un mot. Ça me fait un peu suer mais je comprends son point. On est mieux de pas rester ensemble tout le temps. Hostie de vie de marde, hein. Pis j'ai pas eu le temps de lui dire que quand elle a texté avec le détective, que les flics auraient pu voir la convo pis essayer de mettre leurs mains crottées sur elle aussi, en tant que complice... Mais j'ai été *bright*, j'ai ramassé son cell au cas où, au monsieur de la Sûreté, haha !

Regardez pareil ce qu'elle m'a écrit, j'lui fais confiance ou non ? Câlice…

Salut Gerry, (je préfère Gérald perso)

Je préfère ne pas rester trop en contact avec toi durant cet épisode intense.
Encore moins si je ne peux pas avoir ce que je veux.
Et ce que je désire, cher Gérald, c'est de tout partager avec toi, même si je sais bien que c'est impossible pour le moment, pour des raisons évidentes.
J'espère seulement que tu nous laisseras la chance.
Tu m'appelles quand tu veux, je vais toujours être disponible.

S'il te plaît, fais attention et reviens-moi en un seul morceau. J'ai un ami à moi qui pourrait t'aider dans le besoin...

Romy 🖤 *(438-555-5555)*

Y va falloir que je me passe d'elle. Ouch. Ça va être *tough* que l'crisse mais elle a raison, pis j'voudrais pas qu'il lui arrive de quoi.

Voyons câlice... qu'est-ce que j'ai à la vouloir de même hostie ? V'là pas une coupe de jours j'voulais la tuer...

- Gerry ?! Est où ta cocotte ?
- Partie. Elle m'a laissé un mot, tu le liras si tu veux. Dans un sens, c'est mieux de même. Y'aura pas de risques de la tuer ou qu'à se fasse tuer par mégarde.
- Ouin. Pis on a même pas vu le *show* de Pantera, maudit tabarnac.
- Pas grave ça, *next time*, Pat. On a juste ça à faire maintenant courir la planète pis se la péter. Tant qu'y aura des mangeux de beignes à

calotte qui nous suivront pour nous crisser en dedans en tout cas.

- Mais pourquoi qu'est parti ? J'veux pas lire la lettre *man*, ça m'regarde pas, Gerry.

- Parce qu'à voulait pas se ramasser en prison avec toi pis moi ou recevoir une balle dans face j'imagine. J'y en veut pas d'avoir la chienne, Pat. La police, c'est notre problème, pas le sien.

- Ouin mais quand même, j'pensais qu'était *all in* avec nous autres.

- Laisse faire ça là. On en reparlera une autre fois. J'en ai plein le cul. On part d'ici.

- J'le sais qu'ça te fait chier, *man* ! J'te connais câlice ! Mais c'est bon, j'te sacre la paix avec c'te poule là.

On s'est obstiné encore une coupe de minutes pis y m'a crissé patience avec Romy.

On s'est pogné une p'tite bouffe rapide dans un service à l'auto *high-tech* de Berlin pis on a pris la route pour Amsterdam. Un bon six heures et demie. Choix évident pour faire le *party*, allez-vous me dire ? Peut-être qu'y a un peu de ça mais c'est Romy qui m'a suggéré d'aller faire un tour. Bah, c'pas comme si on avait des rendez-vous de carrière, hein, haha ! Faque là on est sur la A2 pour un p'tit boutte mais la route est belle, pis c'est pas ben long comme distance un "p'tit" sept cent kilomètres pour changer de pays drastiquement.

- On comprend rien à radio *man*, c'est quoi les crisses de stations rock icitte, Gerry ? On dirait qu'y sont tout le temps en tabarnac, c'est comme au bar avec leurs faces de cul du câlice. Ça leur fait du bien d'avoir des crisses d'air bêtes du saint-ciboire ? C'est quoi leur esti de problème !? Hein ?
- Ciboire, Pat, les nerfs ! Ferme donc l'hostie de radio calvaire qu'on jase un peu de ce qu"on va faire. Quand même pas envie de courir à travers la crisse de planète *ad vitam aeternam*.
- Hein ? Kesse t'as dit là, câlice ?
- Ciboire, Pat. T'as jamais entendu ça ? Ça veut dire pour toujours. C'est du latin.
- Ben pourquoi tu dis pas ça tabarnac ? C'pas plus simple ? T'es pas un dieu, ou un bonhomme de l'ancien temps là, un grand duc. Pourquoi tu m'parles en latin esti ?

Je l'ai enligné un bon dix secondes avant de faire semblant de dire quelque chose. J'voyais le néant dans ses yeux, j'ai failli lui dire mais des fois vaut mieux rester dans le non-être. Surtout pour Pat, un grand-duc, haha ! Hostie d'hibou de câlice.

Faque on roule depuis à peu près deux heures et demie quand j'vois un char de police allemand ou quelque chose de même derrière nous, pis pas un hostie de Crown Vic ou encore même un Charger là, nenon, y me suivent avec une p'tite crisse de bouette française, une Renault, calvaire. Y doit faire du zéro-cent en trois quarts d'heure avec c'te zezette là, tabarnac. Bref, rien de taille face à la crisse de Tesla que j'ai loué. Mais c'est quand même un hostie de char électrique de marde du câlice. On dirait que j'chauffe une auto téléguidée, ciboire.

- Y'a une auto de police qui nous suit depuis un bon quinze minutes, *man*. Tu devrais essayer de le sevrer.
- C'est vraiment *tough* de sevrer un char Pat, mais j'vais essayer de le semer.
- *Fuck you* Gerry. Mais sérieusement, on fait quoi si y nous arrête ?
- On verra comment ça se déroule, mais j'vais pas me pousser si y'allume ses cerises. Faut

pas qu'on soit trop suspects non plus. Le minimum de gaffes, okay ?

- Tu veux pas le tuer ?

- Crisse Pat ! On peut pas massacrer tout le monde ! Pas envie d'avoir l'armée contre nous autres aussi, hostie.

Le flic se rapproche de notre cul. D'après ce que j'vois dans le miroir, y pitonne sur un *laptop*. Y doit être en train de checker la plaque.

C'est parti, y nous colle. J'me *park* sur le bord d'la route pis j'mets mes quatre *flashers*. Pat a pas l'air ben pantoute. J'lui redis de fermer sa yeule pour être sûr. Un policier avec une calotte tellement vissée sur sa tête que ses oreilles plient, avec des belles bandes jaunes fluo sur ses manches, un *goatie* blond-noir-brun et jaune nicotine nous salue avant de s'adresser à moi.

Y pue d'la yeule que l'câlice.

- *Sir, bitte um Ihre papiere.*

- Kessé qu'y a dit tabarnac ?

- Y veut juste voir les papiers.

- Quel papier, câlice ? Qu'yaille s'en acheter pis qu'y nous crisse patience !
- Mon permis pis les enregistrements Pat ! Là, ferme ta yeule avant qu'on se fasse embarquer !
- Tu le laisserais faire, *man* ? C'est juste un p'tit crisse de frais chier avec un badge.
- *Sind sie touristen* ?

Je lui remets les preuves en lui disant que oui, on est ici en vacances. P'tit détail que notre ami Reinhold nous a suggéré de faire, y nous a remis des nouveaux papiers d'identité, mais on est maintenant des frères, ça fait moins louche que juste deux gars *weirds* en vacances. Selon nos passeports, on s'appelle Hank et Eddie Vedder. Ouin, comme le chanteur de *Pearl Jam*. Quand j'ai dit à Rin qui c'était, il m'a regardé comme si j'y avais dit que j'avais pas de *nipples*. Faque j'ai laissé faire pis on est les frères Vedder pis c'est toute.

Y me relance presque mes preuves dans le visage en me disant en allemand de pas rouler trop vite, pis y me remet sa carte (aucune crisse d'idée pourquoi les flics allemands ont des cartes d'affaires comme si y nous vendait quelque chose mais bon) en même temps qu'un clin d'oeil de mange-marde.

- C'est toute ? Y nous a arrêté pour quoi au juste, Gerry ?
- J'sais pas... y'avait pas l'air à chercher personne. Y voulait probablement juste faire son senteux.

Les heures suivantes ont été ben tranquilles, on a pas vu d'autres policiers nous filer, ni même rien de bizarre, à part mon chum. Juste de la belle asphalte noire et sans trous partout. Le Québec devrait prendre ses idées de chaussée ici, ça aurait moins l'air d'la surface de la lune.

- Okay *man*, ben content que personne nous cherche icitte. Ça fait du bien de pouvoir vivre un peu. Pis parlant de ça, ça te dérange-tu si à soir...
- Je l'sais Pat, t'as le goût de fourrer. Mais avant que tu te trouves une fille pour à soir, faut qu'on se dégote une place pour dormir.
- Pis si je ramène une p'tite plotte, là c'est toé qui va nous regarder fourrer ? Parce que moé j'm'engendrai pas, *man*, hahaha !

- Haha ! Engendrer… hostie de raisin. Pis non, fastoche, j'vais sortir en attendant. Y'a des choses dans la vie que j'veux pas voir ou entendre. Pis à Amsterdam, si j'trouve rien à faire en attendant, ben j'me tire en bas d'un pont câlice, y'en a plein !
- De quoi ça ? Kessé tu veux pas entendre, *man* ?
- Toi, câlice !
- Ah. Hahaha ! Ouin… j'imagine.

*

Quartier rouge d'Amsterdam

En arrivant à la capitale des Pays-Bas, on s'est pogné une chambre tout de suite pour pas avoir à niaiser avec ça plus tard dans la soirée. Les gens sont vraiment accueillants ici, ça fait du bien de pas être perçus comme des assassins pour faire changement. Quoique tout le monde ou presque est *stone* ici.

Là, on s'en va faire une *ride* de bateau sur les canaux pour décompresser. Je *fucking* capote, hostie. Pat en peut plus, y va se chier d'in *shorts*. Vous imaginez ben ce qu'y m'a dit quand j'lui ai dit que j'avais réservé cette activité là ? *J'espère qu'y va avoir d'la plotte, man...*

Évidemment qu'y m'a dit ça, crisse de grand sec du câlice. Bref, c'est une balade- croisière *Smoke and Lounge* qu'y appellent ça. Le pire, c'est que c'est crissement pas cher, des pinottes, hostie. Une *ride* en calèche à Québec coûte quatre fois le prix. Pis c'est boissons alcoolisées incluses en plus, pis tu peux fumer du cannabis drette su'l *fucking* bateau. Vive l'ouverture d'esprit, saint-ciboire.

- C'est moé qui chauffe *man*, j'suis tanné de faire le zouave.
- Le zouave ? Haha ! Y'a juste le capitaine Haddock que j'connais qui dit ça. T'es t'un hostie de malade toi mon gars ! Hahaha !
- Oui monsieur, et j'en suis parti... parti... ARGH ! *FUCK OFF* TABARNAC ! J'suis méticuleusement fier, t'in, d'être un hostie de malade comme tu dis, faque va chier mon esti. Hahaha !

J'me tourne la tête deux secondes pour voir où on va pour pas me farcir un poteau dans face pis je vois de l'autre côté de la rue, nul autre que Gérard DeparFUCKINGdieu, oui monsieur, pis y'est avec une autre greluche que j'connais pas. Y marche comme un train avance, câlice, un peu *tilté* par en avant pour pas crisser l'camp su'l cul, pis y continue vers sa destinée. L'autre folle le suit comme un chien qui veut son nonosse. D'après mes observations, y'en a rien à câlisser de la bonne-femme.

- Pat, heille, *check* c'est qui qu'y'est de l'autre bord d'la rue !
- Où ça ? Crisse *man*, y'a du monde en câlice icitte. Pointe vers où au moins mon sale !
- Vers midi et dix, droit devant, pis un peu à ta droite, y s'en vient comme un rhino sua coke avec une madame qui sue sa vie à l'suivre, là.
- Pourquoi tu m'dis l'heure tabarnac ? J'veux savoir y'est où le *dude* pas à quelle heure y va se pointer à face.

On dirait que j'élève un *kid* de 6 ans, hostie de saint-ciboire.

- J'étais pour t'expliquer c'est quoi pointer quelqu'un ou quelque chose avec les heures mais *fuck it*, ça m'tente pu. Regarde là-là, le gros crisse d'acteur français là, drette devant toi.
- Heille !! *Shit man*, c'est Depardieu ça tabarnac !
- Et voilà ! *Alléluia* sainte-hostie de ciboire !

J'existe pu pour Pat. D'ailleurs, pu personne existe.

- Heille ! HEILLE ! Monsieur Depardieu ! *Come on, man!*

La surprise de la semaine, c'est le gros *fucking* Depardieu qui envoie chier Pat. J'vais m'en souvenir toute ma crisse de vie.

- VA TE FAIRE FOUTRE, CONNARD !

La face à Pat, ça n'a pas de prix, pour le reste, y'a le bon vieux Gérard Depardieu. Même de l'autre bord d'la rue, j'ai pu voir ses crisses de postillons sortir de sa grande yeule. J'avais entendu dire qu'y'avait mauvais caractère, ben là j'suis convaincu, haha ! Pis c'pas comme si

Pat avait été arrogant, y voulait juste le saluer, câlice de sauvage !

- Ben mange donc un char de marde mon gros tabarnac de chien de câlice !! T'es même pas un bon acteur mon vieux ciboire de rat du tabarnac !!
- Pat, laisse faire le gros enfant de chienne pis viens t'en, on s'en va se faire du fun là, l'gros, faque calme tes nerfs mon grand fanal.
- J'sais ben *man*, mais ça m'fait chier en crisse les vedettes qui ont choisi d'être des vedettes, sois-y en pensant, pis quand on veut leur parler pis qu'y font leur ciboire de *douchebag* de crisse pis qu'y t'ignores ou t'enwèyent chier.
- HAHAHAHA ! S'cuse moi mon chum, mais t'es t'un crisse de fou. Hostie que j'vais m'ennuyer de toi quand ce sera fini, soit dit en passant... Hahaha !
- Ta yeule, Gerry, *man*. Pis t'es pogné avec moé à vie, *big*. Oublie-lé pas mon esti. Si tu t'achètes une maison avec la cocotte rousse, ben tu vas me faire une chambre d'ami avec un lit double si jamais je veux fourrer pis reprendre ma senteur de sexe partout dans chambre. Tu veux vraiment qu'on se sépare, *man* ?

On verra ben mon grand tabarnac... Là, y me fait des petits yeux doux comme un bébé renard... hostie de mange-marde, haha... Quoique je m'ennuierais si y'était pas tout le temps dans mes godasses...

- Ben non je veux pas qu'on se sépare grand mongol, je veux juste être capable d'avoir du temps avec une fille de temps en temps... tant mieux si ça marche avec Romy...

8. Une balade inoubliable avec Arya

On aperçoit finalement le bateau, un moment de détente crissement bien mérité. Sauf que déjà y'a quelque chose qui se passe sur l'embarcation. Une belle jeune femme aux formes athlétiques, en shorts trop courts mais on s'en crisse, cuisses dénudées sur des kilomètres, sort un jeune gringalet du bateau par le collet et lui câlice son pied botté, dans l'cul. Le gars était encore à terre à s'tenir les fesses quand on est embarqués. Ça avait l'air à faire mal en hostie.

- *Fuck*, Gerry. L'as-tu vu aller la belle p'tite plotte en forme ? Le *dude* a même pas touché à terre, *man*.
- Difficile à manquer. Solide *badass* la fille ! Elle ressemble à Kate Beckinsale.

Je vois le néant dans son regard de grand débile, j'lui refile un coup de main.

91

- La fille qui joue dans *Underworld* ? Y'en a genre quatre, hostie, c'est sûr que tu la connais câlice !
- Heille, viens pas fou tabarnac, c'pas ta femme là, les nerfs, Gerry. Mais c'est quoi *Umderworl* au juste ? Crisse aide-moé *man* !

Tabarnaaac...

- La fille avec les cheveux bruns là, c't'une vampire qui se bat contre des loups-garous, c'est des crisses de bons films ! Allume hostie !
- Ahhh ! Okay ouais, c'est... j'me souviens pu du titre en français...
- On s'en crisse du titre, Pat, tiens, assis-toi là au boutte, j'va m'assoir à côté. On va avoir une vue sur tout le monde dans le bateau.

Y'a de la place pour une quinzaine de personnes si j'compte à peu près. Y doit déjà avoir sept ou huit têtes en plus de celle à Pat pis de la mienne. Pas beaucoup de couples d'amoureux ni de têtes blanches.

Parmi les gens qui sont assis à attendre le départ, vraiment impatiemment par certains (genre les nerfs, calme-toi câlice t'es en vacances sur un *fucking* bateau qui te laisse faire le *party*, drogue acceptée), y'a la fille qui a *kické* le gars plus tôt. Elle vient de se placer drette à côté de Pat. Mon grand sec de chum est encore en train d'essayer de trouver c'est quoi le câlice de titre du film *Underworld* en français, qu'y a pas pantoute remarqué qu'elle s'est assise à sa gauche.

- *Monde Infernal* ! C'est ça, tabarnac ! J'l'ai trouvé Gerry, ciboire, *man* !
- Chut hostie de jambon, on s'en crisse de ton ciboire de titre ! Regarde donc qui s'est assise à côté de toi, mais fais pas le mongol là, essaye de pas avoir l'air trop débile, j'suis quand même avec toi, tsé.

Y s'en vient pour m'insulter à son tour en se virant à gauche pour pouvoir voir la fille de proche pis lui la saluer du même geste. Hilarant.

- Mange donc... Oh, bonsoir, made-moiselle !

Y lui lance ça entrecoupé d'un trait d'union comme si c'était D'artagnan, sainte-hostie de câlice. Pat lui, y *cruise* en moyenâgeux, ça se dis-tu, ça ? On s'en crisse. Bref, y continue d'y jouer ça en lui garrochant des sous-entendus déplacés pour le commun des mortels mais y s'en contre saint-ciboirise. C'est ce que j'préfère de ce gars là aussi, son "optant tixité" comme y vous dirait probablement. Un gars tout ce qu'y a de plus authentique en tout cas.

- Moé j'm'appelle Pat, lui à côté de moé, c'est mon meilleur chum, y s'appelle Gerry. C'est quoi ton nom ? T'es vraiment bandante, *man*.

La nymphette le dévisage un bon sept secondes ben grasses avant de décoller à rire comme une hyène.

- J'ai compris que dalle de ce que tu viens de me raconter mec, mais t'es chou, et j'vais le prendre comme un compliment. Je m'appelle Arya. Je suis pas française si t'allais me le demander, je suis Belge.

Pat fait un 180 (oui, je l'ai écris en chiffres, okay ? Ça l'air con en lettres juste pour un demi-tour, hein ? Cent-quatre-vingts, mais là, la parenthèse devient plus longue que la réponse actuelle l'gros, je divague là. Ferme l'hostie de parenthèse !) pour me regarder pis en même temps pour me demander c'est quoi le mot belge, ou pour confirmer *que c'est ben de la Belgique ça hein, Gerry ?* Mais ça m'surprendrait en hostie qu'y s'y connaisse en géo pis en gentilé.

Je lui fais signe de prendre son gaz égal pis de rester *cool*, si une telle chose est possible.

Moi, j'essaye d'y répondre avec le plus de classe que j'peux sans saigner des oreilles.

- Salut, enchanté, Arya, c'est vraiment un super beau prénom que t'as là ! J'm'appelle Gérald, pas Gerry, c'est juste un diminutif. Haha…

Hostie de cave de câlice ! Blablabla y'utilise juste un diminutif… c'est vraiment un beau prénom… Dégueules-y donc dans face à place, ça pourrait pas être pire que cette ligne de marde là. Crisse d'amateur.

C'est tout ce que j'trouve *on the spot* de même avec un minimum d'effort. J'ai l'air d'un *douche* en manque de tout ce qui pourrait exister pour avoir l'air d'un humain présentable à la race féminine.

Pat me chuchote en serrant les dents : Crisse, *man* ! C'est ça que j'voulais y dire !

- Oh, je suis désolée, Gérald. Je suis également enchantée de vous rencontrer, vous êtes du Québec si je ne me trompe pas ? C'est un accent unique en son genre, adorable !
- Vous trouvez ? Moi, j'trouve qu'on a l'air d'une crisse de belle gang de colons, dans certains cas. Comprenez-moi ben là, j'adore ma langue mais ça sonne comme si on sortait du fond d'un bois après un millénaire de captivité en dehors de la *map* du Québec des fois, tsé. Aaarrrgggghhh ! Wouaaaa !

Là, je viens de réaliser que j'ai gueulé ces mots-là à sa figure sans lui faire part de ma tentative de blague du gars qui gueule sa langue avec des onomatopées.

Arya, après que j'me sois câlissé le pied dans bouche, pis la jambe aussi un coup parti, repars à rire, drette dans ma *fucking* face. Aucune gêne la p'tite crisse.

Je repense à l'ampleur de ce que j'viens d'y dire. J'viens de l'enfoncer encore ben plus loin dans sa non-compréhension de notre beau jargon. Je fais une tentative pour me rattraper avec une phrase mieux construite, moins bourrée de mots verlantisés mais Pat me vole la voix parce qu'y veut que je me ferme la trappe avec ses regards de *"laisse-moé donc y parler, Gerry, tabarnac !"*

Okay gros loser, vas-y d'abord, on va voir si t'es capable de pas avoir l'air d'un hostie de torlon et trois-quarts. J'lui confirme d'un regard qu'y peut y aller. Y se lance…

- Faque… Aryâ ! (y prononce le dernier "a" de son prénom avec un accent circonflexe) T'es tu icitte tu-seule ? (y fait un effort pour améliorer sa question plate) Tu viens-tu de c'te pays là ? Câlice ! *Fuck*, s'cuse-moé, *man*. Tu disais que tu venais de la Belgie ? Pis t'aimes-tu ça icitte, à Hamster-dame ?

Vous vous doutiez, y'a coulé son examen le grand farfadet.

J'pense honnêtement qu'elle fait un hostie de gros effort pour pas nous traiter de putains d'idiots ou quelque chose de même.

Pat lui, y'est déconcentré. Son regard a dérivé ailleurs. Là, y'a allumé son radar à boules pis y'en cherche des belles. J'vois sa tête faire comme un spectateur dans un stade de tennis qui suit la balle. Aucune gêne non plus de son bord. Une fois qu'y a fait l'tour des touffes à bord, y'est finalement tombé sur la poitrine d'Arya, qu'y se met à fixer la bouche à demi ouverte. C'est clair qu'elle le voit qu'y lui *check* les totons, mais elle semble s'en câlisser aussi.

- Je vais répondre aux questions que j'ai réussi à décoder mon chou, si cela ne t'embête pas trop, haha ! En même temps, tu pourrais en profiter pour me regarder dans les yeux.

Pat fait un p'tit rire nerveux d'adolescent. Ce qui me fait comprendre que pour une fois, y'a saisi ce qu'elle a dit. Bravo mon grand !

- Câlice... Haha ! Ah, ouin c'est vrai, hein ? Je l'sais que j'parle comme un tata avec une patate merlot dans bouche, Gerry me l'dit tout le temps.

Mais prends ton temps là, on a tout le flanc de la tombe.

La pauvre, j'vais lui donner un coup de main, hostie, Pat est en train de lui siphonner tout son jus avec ses expressions empruntées de Pluton.

- Qu'est-ce qu'il est fort cet accent, j'ai assez l'habitude des gens du Québec mais le tiens, woah ! Haha ! Ce que tu me fais marrer ! Pat, c'est ça ?
- Ouais, *man* ! Content de te faire rire. Gerry aussi m'dit tout le temps ça.

Je lui fais signe d'un coup de coude de se retourner. Y me regarde de ses yeux vides. Vides de jus de fourrage. Je lui mentionne qu'y faut qu'y arrête de parler de moi comme si j'étais son mentor. Parle de toi, Pat, pis lâche moi ! Je la cruiserai pas *anyway*, j'me garde pour Romy... *Check* ben ça j'la reverrai pu jamais, hahaha !

C'est certain que c'est pas l'envie de la courtiser qui me manque, hostie. Pis Romy la flamboyante rousse, j'ai aucune câlice de garantie qu'est loyale. À peu ben me chier dans les dents à tout moment, faque faut que j'sois allumé pis pas laisser ma graine me guider, parce qu'elle va se lever, pour satisfaire son besoin vital. La pognez-vous ? Se lever ? Ah ! Arrêtez câlice ! C'est toujours drôle des *jokes* de graines. Mais d'un autre côté, je la crois. En tk. Je pense juste qu'elle est clairement hors de ma ligue. Mais bon, tout le monde trouve son âme sœur un jour ou l'autre, hein ?

C'est aussi parce que Romy me nargue encore tout le temps dans ma tête gros tata... sinon, j'serais dessus à cent à l'heure comme un puceau sur une paire de fesses rebondies qui sentent les fucking bonbons...

Elle doit mesurer genre cinq et deux, trois, gros max. Un p'tit bout de femme comme on dit. Cheveux bruns foncés coupés droit, un peu en haut des épaules, mais crissement plus *sex* que si vous pensiez au look ravageur de Dora, mes hosties. *Chipeur, arrête de chipper, câlice.* Deux beaux yeux bleus-aqua. Pis une superbe bouche ornée de pulpeuses lèvres rosées, avec probablement assez de succion pour te rentrer les draps dans l'cul en te faisant une pipe si t'es couché sur le dos. Vous avez l'image, hein ? Solide trip. Tsé comme les nerfs la *ShopVac*...

Le bateau décolle enfin, j'ai l'impression que ça fait trois heures qu'on parle câlice. Celui qui chauffe le *boat*, le capitaine, j'imagine qu'y s'appelle de même aussi aux Pays-Bas, a l'air d'un homme-clou. Maigre comme une tige de pissenlit avec un chapeau de paille de grande taille. Barbichette à la *Colonel Sanders*.

- Ça vous gêne si je roule un de ces immenses pétards ? Vous le fumez avec moi, n'est-ce pas ? Vous êtes pas des loulouttes, j'espère, non ? Haha !
- Nonon, pantoute ! On voulait en acheter, Pat pis moi. On pensait qu'on pouvait s'en procurer ici sur le bateau mais c'est pas l'cas. J'en achèterai pour te le repayer quand on reviendra, merci beaucoup, Arya... Arya ? C'est pas le prénom de la plus jeune des *Stark* dans *Game of Thrones*, ça ?

Pat me regarde avec ses yeux inquisiteurs. J'sais déjà qu'y allait me demander, *"c'est tu avec la fille qui couche avec des dragons ça, Gerry ?"*, je lui fais un signe de tête que oui, et j'me retourne vers Arya. Haha ! Grand mongol, y doit faire chaud coucher avec des dragons...

Elle me sert un magnifique sourire, un peu gênée... je bande presque, encore. C'est l'histoire de ma vie, ça. Bander je parle. Parce que les gens me sourient pas d'habitude.

- Ouais. Ma mère est obsédée par cette série de livres. Elle était enceinte de moi lorsque la sortie traduite en français eut lieu en juillet '98. Évidemment que ça ne vous surprendra pas un poil si je vous dis que j'ai une sœur...

J'ai une opportunité de gagner des pipo-points, je lui coupe la parole, mais stratégiquement.

- Qui s'appelle Sansa, que j'lui réponds avec ma face de *smatte*. J'ai trippé fort sur ce *show* là aussi, mais j'ai pas lu les livres.

Elle rit encore. Mon stratagème diabolique a marché. Haha ! Y'a rien de diabolique pantoute, c'est ma graine qui a pris le contrôle de ma diction.

Mon grand câlice de jambon à l'ananas, lui, y boude. Parce qu'y cherche quoi dire, un truc intéressant à jaser avec Arya, pis je l'comprends. Faque y poirotte comme un gars qui attend l'autobus qui a déjà fait sa dernière *run*.

- C'est tu indiscret de te demander pourquoi t'as crissé ton pied au cul du gars au quai ? J'suis convaincu qu'y a mérité son sort mais j'suis curieux pis j'trouve ça... aphrodisiaque en câlice, les filles qui savent se battre, héhé.
- Ouin j'suis d'accord avec Gerry moé aussi, *man*, Arya (avec accent circonflexe). C'est vraiment super héroptique. Pis s'cuse mon langage, *big*.

C'est chien de l'corriger devant la gente féminine, faque j'me ferme la yeule mais j'lui envoie une paire de yeux hyper rapide lui disant de pas dire *big* pis *man* à une fille, spécialement pas quand elle a l'air de ça.

- Haha ! Ce que vous êtes marrants avec votre franc parler et vos expressions qui me détruisent la conscience tellement j'y comprends que dalle. Mais n'ayez pas les chocottes les mecs, ça va, vous assurez. Je me marre bien, et puis je suis déjà complètement défoncée...

Pat est gelé comme une balle aussi, pis y nous a lâché pour commander des *drinks* au gars à bord au bar en tant que *barman*... wow. Pis j'pense que notre jolie compagne de bateau est partie pour parler toute seule pendant toute la durée du trajet. *Stone* raide, piiioouuuu ! Haha ! Ben vas-y fille, lâche-nous ça.

- Alors pour commencer, je lui ai foutu une baffe à cet enfoiré de merde.
- Haha ! Encore mieux, hostie !
- Précisément. Il m'a fait un clin d'œil de gros dégueulasse, vous savez celui qu'un connard d'oncle ivre à l'os vous ferait lors d'une fête de famille ? Alors ça je l'ai quand même laissé passer, je suis pas si agressive que j'en ai l'air. Ma tolérance à l'idiotisme général de la population mondiale est hyper élevée. Vous par exemple, vous êtes pas des idiots, c'est votre façon de parler, vos racines. Je trouve ça génial, très beau !
- Ben merci, *shit*, c'est gentil, Arya, que j'lui réponds mais elle me coupe comme un ti-père

qui embarque sur l'autoroute à cinquante-cinq kilomètres heures quand t'arrives à cent-vingt.

- …je sais pas si c'est le *shit* qu'on fume mais je vous aime déjà les mecs, vous êtes hyper drôles et sympas.

- J'ai presque pas dit un crisse de mot depuis qu'on est partis, calvaire.

Pat qui essaye de foutre un malaise de sixième année du primaire.

It's my party and I'll cry if I want to, cry if I want to, you would cry too if it happened to youuuu!

Désolé pour la p'tite toune des années '60 de Lesley Gore, mais Pat avait l'air d'une p'tite crisse de braillarde.

Je le regarde avec une face qui veut y faire comprendre d'arrêter de chialer comme une p'tite plotte du câlice pis de se joindre à la ciboire de conversation à place. Y comprends finalement, j'pense.

- S'cusez… J'suis juste un gros tata des fois.

- Allez mon mignon… je t'oublie pas tu sais, je t'ai inclus dans mon speech d'amour, t'inquiète pas ! Et puis dis pas de conneries.

Pis elle repart encore, comme la rousse là, Michelle, dans *American Pie* avec son hostie de *"one day at band camp!"* du tabarnac.

- …Bref, le pied au cul, c'était parce qu'il m'a peloté les roberts. J'aurais encore pu lui casser une jambe, mais il aurait fallu que je quitte ce bateau pour régler cette merde. Alors voilà. Et puis j'habite ici depuis trois mois environ, avec une colocataire. Bon, c'est une putain de barbie mais elle est gentillle. Mais bordel de merde qu'elle est conne, je vous dit pas.

Moi aussi, j'suis *stone* en tabarnac. C'est drôle hein, parce qu'on la laisse nous parler comme une hostie de pie parce qu'est solide en crisse, la fille. Pis sa personnalité *fit* très bien avec la mienne d'ailleurs… pis celle à Pat aussi, câlice… Haha ! J'peux pas toutes les garder pour moi, sainte-hostie de tabarnac ?

- La semaine dernière elle m'a supplié d'aller au resto pour y rencontrer son nouveau mec et puis…

Pourquoi elle nous raconte ça, hostie ? On s'en câlice-tu tabarnac de ta greluche de coloc.

- …elle est arrivée avec trente minutes de retard cette conne ! Vous imaginez ? Alors je l'ai engueulée comme une ogresse et puis elle s'est mise à bêler comme une putain de chèvre.

Elle va jouer sur toutes les terrains avec son ogre pis sa crisse de biquette des prairies. Est *wild* en hostie la cocotte belge.

Mon chum me regarde de travers en voulant dire *what the fuck man*, à la farme-tu sa câlice de yeule ! Mais y se garde une p'tite gêne si y veut pas se faire crisser une volée par *Wonder Woman* ici présente.

Faque je m'interpose parce que j'ai pas envie d'entendre ce que sa *partner* d'appartement fait toutes les crisses de minutes.
- Qu'est-ce que tu fais comme travail, Arya ? T'as l'air d'une…

- D'une fille qui joue à des jeux bidéos, là (Pat appelle ça de même le mot vidéo), une *guéleuse*, y lui garoche ça en finissant pis en me coupant la parole dans le même move.

Elle nous sourit ça de toutes ses dents, tellement resplendissante que ça nous éblouit presque.

- *I wish*... Haha ! Sérieusement, je bosse dans un bureau... genre. Et je ne vous connais pas suffisamment pour que vous sachiez ou connaissiez ce côté de moi, les mecs. Je suis désolée, ne m'en voulez pas. Et puis, oui Pat, je suis une "gameuse" lorsque j'en ai l'occase.

- Okay, *cool big*. Pis on t'en veut pas esti, y'a rien là, hein Gerry ?
- Ben non, c'est évident. C'est pas de nos affaires, mais d'un autre côté, c'est *fucking hot* les filles mystérieuses, haha !
- Crisse *man*, arrête de la *cruiser* sinon j'va l'dire à Romy, hanhan ! (y me rit dans face comme Nelson rit de Bart dans *Les Simpsons*).

Juste après la super blague de Pat, y'a un gars assis près du *capitaine Haddock* version *wish* qui se lève, j'le vois ben en hostie, y'est drette devant moi pis y'a l'air d'un hippie avec ses *dreads* pis sa barbe de Panoramix. Y sort un genre de canif de chasse, pas plus gros qu'un couteau à steak pis y *jump* à côté du matelot en chef pour lui câlisser sa lame en dessous du menton. Quand y'a trouvé une bonne pogne su'l moussaillon à calotte blanche avec son bras placé en étranglement par derrière, le couteau toujours sur la gorge du marin d'eau douce à écusson, y se met à beugler comme une grosse folle en rut.

Pis c'est qui est drôle, c'est que j'ai pas l'impression que l'gars réalise qu'on est pas en haute-mer, que tous les habitants et touristes peuvent l'entendre, pis qu'avec son coupe-légumes, ben y ira pas ben loin, l'hostie de cornet de crisse. Pis y'a du monde en tabarnac ici en plus.

Y *shoot* ça en anglais mais ça dure pas longtemps.

- HEYY !! (ç'a fonctionné, le monde se vire pour le regarder) I WANT EVERYONE HERE TO DROP THEIR PHONES AND...

And that's all folks... Pat lui a envoyé son couteau de chasse. En pleine face, drette entre les deux yeux, pis vu qu'y l'a lancé comme si c'était un crisse de concours du lancer de la belle-mère, ben y s'est donné l'pauvre bougre. Y'est rentré sur un hostie de temps, le couteau.

Splotch, tabarnac. Le *splotch* est facultatif, j'ai pas entendu vraiment de sons quand ç'a planté à part son cri de surprise camouflé.

Presque la quasi-totalité des passagers ont crié comme une loutre devant du poisson frais. Mais pas la cocotte européenne. Elle a pas bougé son p'tit cul serré du coussin rouge. Elle regarde le *dude* tomber à terre comme un gros sac de marde. Elle se retourne vers Pat, j'la vois pas de dos mais j'vois la face de mon chum qui fige de peur. Grand crisse de six et trois, deux cent cinquante livres qui tremblotte devant une poulette assez jolie pour qu'elle se fasse livrer en panier cadeau.

- Quelle précision ! qu'elle lui *pitch*, le fixant droit dans les yeux.

Arya est la seule à avoir parlé durant le silence suivant le couteau à Pat dans le visage de notre tête de brocoli de *wannabe* d'agresseur. Tout le monde s'est tourné dans sa direction pour la dévisager. Pis elle leur a souri, tabarnac. Comment ne pas tripper sur son cas ? Hein ? Pis elle commence à leur donner de la marde.

- Quoi ? Qu'est-ce que vous avez à me mater de la sorte ? Y'a quelqu'un qui va oser me dire que ce connard le méritait pas ?! Allez ! Il nous a attaqué, nous nous sommes défendus, ça vous va ? Il allait nous vider de notre blé et de nos objets de valeur et peut-être même nous tuer, comme des putes. J'en vois un se plaindre pour défendre ce minable et je lui fais bouffer ses couilles, c'est clair ?

Tabarnaaac. Moyenne folle.

- Ciboire, Pat. Tu y as pas laissé de chance, hein ? Haha ! As-tu pris des cours de lancers de couteaux dans mon dos mon crisse de malade !?
- J'voulais pas qu'y tue le *Capitaine Highliner*, *man*. Y serait arrivé quoi avec les boîtes de poissons congelées à l'épicerie, l'gros ?

Tous les passagers nous écoutaient.

Le fou rire à moitié général que Pat a causé a duré un bon douze minutes. *Steady* là. J'ai mal au ventre pis y'a deux bonnes femmes qui se sont pissé dessus, le cannabis est en faute pour la crise d'hilarité augmentée j'imagine.

La *ride* de bateau spécial soirée de meurtres et mystères arrivait à sa fin, j'voyais le quai approcher doucement. Fallait savoir ce qu'on faisait de la fille. Elle allait-tu s'inviter à rester avec nous pour faire le *party* ou elle décâlisserait ailleurs pis loin de nous parce qu'on est des hosties de crinqués ? Pis y fallait *dealer* avec les flics...

Arya prend la parole, pour pas faire changement, mais là, elle est scotchée à Pat, son regard en tout cas, elle lui fait des beaux yeux, comme un labrador blond ferait à sa maîtresse pour avoir un nanane.

J'pense que mon grand crisse de tarla a conquis le cœur de la mystérieuse Arya avec son tuage de gars au lancer du couteau dans face. Reste à ce qu'elle jase avec lui une coupe de minutes asteur, elle va peut-être changer d'avis après trois-quatre "je comprends que dalle, mec".

- Ce que t'es incroyable ! Merde, ce que t'es beau ! Je te regarderais tuer des gens toute la journée, et ensuite, je te baiserais toute la nuit.
- Faque douze heures à massacrer des tatas pis douze heures à fourrer avec toé, *man* ? Où-est ce que j'signe, tabarnac ! T'as-tu entendu ça, Gerry, l'gros ? Haha !

Pauvre gars dans l'fond.

- Ben oui, toi. Crisse de chanceux d'hostie !

J'en profite moi aussi pour faire comprendre à Arya que j'ai l'goût d'la fourrer aussi, mais un peu plus cavalièrement, tsé, avec d'autres sacres. Je le ferais pas là, vos yeules, mais à peut ben le savoir, hein ? Héhé…

On accoste. La police est déjà là.

Tout le monde s'était mis d'accord pour raconter la même histoire, pis avec les menaces d'Arya, y devraient s'en tenir à ça. J'suis pas stressé, pis Pat a l'air d'avoir saisi ce qu'y fallait qu'y disent. Notre belle brunette a voulu prendre le blâme. Y'a fallu qu'elle nous avoue qu'elle était agente secrète, sans embarquer dans les détails. Elle a enlevé le couteau elle-même en arrivant pour mettre ses *prints* dessus.

D'où la raison de sa face pas d'émotion en voyant Pat tuer le gars comme un fucking professionnel. Mais elle aurait pas dû nous arrêter justement ? Ben fuckée elle... C'est clair qu'on doit être sur une liste d'arrestations...

9. Une opportunité de faire le motton

Une fois revenus les pieds sur terre, Arya nous a demandé ce qu'on allait faire du restant de la journée, ben elle l'a demandé à Pat parce qu'il était devant moi, j'ai juste entendu. C'est moi la troisième roue pour le moment ! Haha ! Pat a habilement répondu à la sauce Pat :

- T'as-tu faim Arya ? (avec le ti-chapeau) Moé pis Gerry on a faim en tabarnac avec toutes ces démotions, man.
- Je t'ai jamais dit que j'avais faim, Pat. Pis c'est des émotions, pas dé.

Y'a pas compris le pas dé.

Vous devriez y voir la face. Comme si y'avait commandé une soupe *Alpha Bits* pis qu'une fois devant lui, ce soit écrit "gros tarla" en langage de nouilles.

- C'est pas démotions, Pat. C'est émotions.

- Hein ? *Fuck off*, Gerry, câlice-moé donc patience tabarnac.

La cocotte belge s'impatiente, elle a mis ses mains sur ses hanches pis elle nous regarde avec des yeux de grouillez-vous donc mes hosties de québécois à marde.

- Je peux répondre ouais ? Vous avez fini ? Alors oui, je mangerais bien un truc. Mais je suis végane.

Regard de dégoût de ma part, regard d'incompréhension avancée de la part de mon bon chum, qui sera suivi d'une question non-appropriée.

- Kessé ça, esti de tabarnac ?
- Ça veut dire qu'à mange pas de viande, Pat. Crisse moins de sacres dans tes phrases, tu vas peut-être l'aider un peu mon grand ciboire de mongol.
- Je déconne les mecs. Je bouffe aussi de la bidoche. Haha ! Si vous aviez vu vos tronches !

C'est drôle de les écouter se parler, on dirait un personnage de *Star Wars* qui jase avec un personnage de *Star Trek*. Différents univers, différentes bébittes, différents langages, hein.

- Kessé kala dit, Gerry ? J'comprends rien, tabarnac !

Y m'dit ça presqu'en braillant comme un *kid* qui tète sa mère au magasin à une piasse pour avoir un câlice de tablette de chocolat qu'y va laisser traîner à moitié mangée moisir dans le char pendant trois hosties de mois du tabarnac.

- Elle a juste dit qu'elle nous niaisait. Est pas végane, à mange d'la viande. C'était une *fucking joke*, Pat.
- Tu penses, *man* ?
- Bah ouais je blaguais, qu'est-ce que vous croyiez ? Que j'étais une agente tout ce qu'il y a de plus respectable avec un putain de tailleur de flic à la noix, et puis un bâton de la taille d'une bate dans le cul ? Je suis probablement la plus *cool* des agentes secrètes.
- La plus délicieuse aussi...

Shit, j'ai dit ça à voix haute.

117

- Câlice, j'ai dit ça à voix haute, j'suis désolé, Arya. Haha…

Pat me pitch un regard jaloux, Arya, un sourire timide mais déstabilisé.

- Ciboire, Gerry, ta yeule au pire, *man*.
- Arrête donc, ç'a sorti tout seul. Pis c'est pas ta blonde à ce que j'sache, faque les nerfs, hostie.
- Ça ne m'a pas déplu. Il y a pire que de recevoir une flatterie je crois, non ? Allez, qui de vous deux n'aime pas se faire complimenter de temps à autre ? Alors, merci, Gérald pour cette magnifique, mais audacieuse réplique…

Son cellulaire sonne. *Lithium*, de *Nirvana*. J'adore cette toune là en plus, faudrait pas qu'elle réponde pour que je l'entende au complet…

… And I'm not scared
Light my candles in a daze
'Cause I've found God…

Y'a plein de choses qui me font douter qu'elle soit une agente. Premièrement, la *ride* en bateau. Le cannabis. L'alcool. Témoin d'un meurtre. Prendre le blâme, avec un *fucking* couteau, dans face. Pis c'est une agente secrète ? *Yeah, right...* On verra...

C'est fucké en crisse, j'sais plus à quoi penser. Romy qu'y m'titille l'esprit pis la graine, pis qu'y disparaît comme est apparue. Pis là, cette chicks là qui nous colle au cul... pu capable hostie...

*

On arrive au resto en question, Le Zaza. On s'en vient bouffer des fruits de mer. Mais on sera juste Pat pis moi. Arya a eu une urgence ç'a l'air. Elle a pris un appel, s'est revirée de bord pour camoufler c'qu'elle disait, pis elle nous a dit qu'elle devait foutre le camp illico tout de suite en raccrochant. Y'a une BMW qu'y l'a ramassée devant le restaurant genre huit secondes après l'appel. *What the fuck* ?

- Ça m'fait chier qu'à soit déjà parti *man*, mais j'ai faim pareil. On rentre-tu bouffer ? Y'ont-tu d'autre chose que des truies de guerre ?

J'ai pris une pause. J'en avais besoin, j'l'avais jamais entendu celle-là. Vous comprenez pourquoi je l'aime ? C't'un crisse de fou de câlice. Des *fucking* truies de guerre hostie, avec un ti-cas pis une mini-mitraillette robotisée auto-suffisante de vissée su'l dos. Quoi ? Y peuvent pas les tenir, leur câlices de pattes sont par terre à supporter leur panse. Pratique en plus, si y meurent su'l champ de bataille, on peut les manger au lieu de les enterrer comme des humains. Ben moins de job. Pis c'est bon en crisse, du bacon. Partout et tout le temps.

- Oui. Moi aussi j'veux manger. Pis oui, y'ont autre chose que des fruits de mer, que j'lui mime avec mes doigts comme des guillemets.
- Va donc chier mon tabarnac. Amène ton cul de brin-valet icitte, suis-moé, on rentre câlice.
- Haha ! Brin-va…

Paf !! Y m'a câlissé un coup de poing dans face, drette devant le resto, à côté de clients qui fumaient une cigarette comique. Ça sent le *weed* partout ici, même après avoir reçu une droite de mon chum qui en avait plein le cul de faire rire de lui. Ben bon pour moi.

- J't'avais amorti, *man* ! J'm'en allais m'excuser mais ça m'tente pu, faque mange d'la marde Gerry. Haha ! Tu pourras m'en crisser un toé aussi quand j'te dirai d'quoi de tata, c'est bon ça, *big* ?
- Si j'suis ton raisonnement mon jambon, j'pourrais t'en câlisser un, un nombre incalculable de fois. Même le *Titanic* aurait pas assez de place pour stocker les caisses de niaiseries que tu peux m'dire, pis dans une seule journée.
- *Fuck you, man.*

C'est quand même classe ici dedans, mais c'est trop clair, on a l'impression d'avoir le soleil dans face en permanence. Beaucoup de blanc pis de plissage de yeux. De la déco *weird*, des chaloupes, des moulins, bref, très "Pays-Basien" comme décor. Mais ça sent bon en tabarnac. Y'a une grande madame en tailleur des années quatre-vingt, avec des bas collants beiges, qui se plante devant nous pis qu'y dit d'une voix hyper grave :

- *Hallo, welkom bij Zaza. Voor twee ?*
- Euhh...

- *Oh ! I am sorry. Haha...* (elle a tellement forcé son sourire de courtoisie qu'y m'a quasiment éclaté dans face).
- *It's okay, don't worry*, que j'lui lance avec un clin d'œil enjôleur digne de Dean Winchester dans la série télé *Supernatural*.
- *Thank you sir, and welcome to Zaza. There is only the both of you.*
- *Yes, we were supposed to... nevermind, haha...*

Farme donc ta yeule hostie de tata...

- *Yes,   we're   two.   Thanks.*
- *Perfect, please follow me.*

J'suis pas surpris que Pat lui reluque son cul, même si y'est inexistant. Il continue la ligne de son dos de militaire pis le cul embarque sans même s'élever d'une p'tite coche. Platte comme l'autoroute 401 par une journée de marde. Faque dans le fond, elle tombe pas su'l cul, elle tombe sur ses reins. Pis ça contraste en crisse à comparer à sa poitrine de brontosaure.

- Câlice, *man*, y'a ben donc du monde icitte ! J'va dire comme on dit : quand c'est plein, c'est parce que c'est... *fuck* de crisse ! C'est quoi déjà, Gerry ?

- Jamais entendu cette expression-là, grand jambon.

- Ah ouin ? Okay d'abord. Je pensais qu't'était le *track* de ces affaires là, toé. Tu peux ben faire ton *chmat* câlice.

- Hostie, Pat, ç'a ni queue ni tête ce que tu me dis calvaire, c'est pas que j'la connais pas, c'est qu'elle existe pas tabarnac !

- Hey, les nerfs Gerry ! On est même pas assis encore que tu m'cries par la tête.

- *Shut the fuck up*, fastoche, on est pas mariés mon beau. Hahaha !

- Hahaha ! T'es juste un mange-marde, Gerry.

La bonne femme nous regarde comme si on lui avait dit qu'on massacrait des nouveau-nés juste pour le *rush* d'adrénaline que ça procure.

Elle nous lance du bout des lèvres, presque en vomissant sur la banquette en velours côtelé qu'y a déjà connu des jours meilleurs :

- *Is it good, right here beside the window?*

On peut sentir à quel point elle apprécie de "transporter" ses clients sans danger vers leur destination.

- C'est... *It's perfect, thank you, madam.*
- *You can call me Cornelia. A server will be with you shortly.*

Aucune chance que j't'appelle de même ma vieille poudrée.

- C'est tu son prénom ça, *man* ?
- Oui. C'est néerlandais, Pat. En tk, j'pense.
- C'pas la Hollande icitte ? *What the fuck* câlice ! On est où ciboire ? Hein ?
- Haha ! Hostie de tarla, c'est la même affaire ! Mais c'est les Pays-Bas maintenant. Un truc politique de territoire ou quelque chose de même j'pense. Bref, pour toi, on est en Hollande si ça peut t'aider, personne va te faire la peau pour ça.
- Crisse que c'est compliqué la vie, *man*.

En même temps que notre serveur se pointe la face à ma droite, y'a Arya qui me regarde par la fenêtre pis qu'y m'fait signe de prendre le téléphone que j'suis supposé posséder. J'en ai pas de crisse de téléphone, faque j'la regarde pis je gueule au travers de la vitre que j'en ai pas, d'hostie de cellulaire !

Elle me sourit pis me fait signe avec ses doigts pis sa bouche de suceuse de regarder dans la poche de mon sac à dos. Ce que j'fais, en la fixant dans les yeux, pour aucune raison particulière, juste parce que j'm'ennuyais déjà de son énergie, même si à me tapait sur les nerfs trente minutes avant. Mais son sourire est dangereux, létal.

- Wow. *What the fuck* Arya, t'es déjà revenue ? Pis pourquoi tu rentres pas manger avec nous ?

Pat allume enfin.

- De quoi Arya, (ti-chapeau) *man* ? Au téléphone ? Comment ça ? Y sort d'où ton cell l'gros ?
- Ta yeule Pat pis regarde dehors tabarnac, juste dans notre crisse de face ! J'm'excuse Arya, mais qu'est-ce tu câlices ici ? T'es partie comme une balle sans crisse de raison.
- Je m'excuse, je suis désolée d'avoir quitté comme une putain de conasse, mais j'ai un

horaire chargé alors... J'ai pas le temps de bouffer pour le moment, et peut-être pas vous aussi, si ça vous chante.

Quand y s'agit de conversations plus sérieuses avec quelqu'un qu'y a un accent, Pat me les laisse parce qu'y comprends rien, tout le temps. D'habitude. Mais j'pense que Arya lui a faite un *spark* ou quelque chose de même dans le bas-ventre, pis ça, même si y'a aucune câlice d'idée dans quoi y s'embarque, le zouave. Est *fuckée* raide c'te fille là, mais on aurait l'goût d'la suivre à l'autre bout du monde tellement c't'une crisse de flyée.

Faque j'me lance mais elle me coupe la parole comme Simon dans *American Idol* quand y'en a plein le cul d'en entendre un qui se prend pour *Prince* s'arracher la gorge à essayer de l'imiter.

- Un vol vers Paris, ça vous dit ? On part dans deux minutes si vous venez. Faut se grouiller les mecs ! Je vous raconterai à bord de l'avion les détails de notre balade. Ou sinon vous venez quand même et prenez le chemin qui vous plaît une fois arrivés à destination. Ou vous refusez simplement et restez ici, c'est votre décision.

Pourquoi, hostie ? Pour nous arrêter une fois dans l'avion ? Elle a besoin des talents de Pat pour épingler un dude sur un mur de liège ? Ou elle veut nous engager comme agents secrets ? Hahahaha ! C'est peut-être une vraie agente finalement. Ou peut-être juste pour se servir de nous un boutte pis nous crisser en dedans par la suite.

J'sens Pat me respirer dans face. Y peut pu se retenir d'attendre.

- Crisse Gerry ! Kessé qu'à dit, tabarnac ?
- J'en parle à Pat, donne-moi deux secondes, Arya.

Elle roule les yeux mais avec un sourire en coin, comme quoi elle sait ben qu'y sera pas dur à convaincre mon grand mongol.

- Elle nous demande si on veut aller à Paris avec elle en avion, drette là là. Elle va nous expliquer ce qu'y en est une fois à bord. Ça te tente tu ? Moi j'suis partant l'gros, on va se la péter, comme y disent, ces hosties là !

- Y'a pas genre, un crisse de paquet de police pis d'agents de toutes sortes là-bas ? Pis ç'a l'air qu'y sont bêtes que l'câlice les pariv.. les... eux-autres là ! Ça va être plus dangereux pis toute. On risque de corner *man*... à moins que Arya (on met les mains en chapeau pointu !) nous protège comme une *rockstar*. Ça, ça serait *cool* en ciboire, hein, Gerry ? Une chum *Power-Hero* !

Superhero... hostie de jambon. Haha ! C'est toi le Power-Hero !

- Pis, Gerry ? Kessé qu'à gosse là, crisse !? Pourquoi qu'à rentre pas nous voir dans l'resto ?
- T'es tu sérieux tabarnac, Pat ? J'viens juste de te l'expliquer ! *Fuck off* on décrisse avec elle.
- Hein !? Quoi ?
- Ferme la pis suis moi, câlice ! Tu verras, c't'une surprise.
- Heille va chier avec tes surprises, la dernière fois que tu m'as dit ça j'me suis ramassé à l'hôpital, avec ma graine pognée dans un crisse de vagin en cayoutchou mangeur de pénis, mon esti de malade de câlice !

- Hahahaha… S'cuse-moi. C'était pas supposé de faire ça, Pat. Pis j'me suis excusé genre cent fois, pis je t'ai même payé une escorte VIP pour me faire pardonner, câlice ! Une "Neuropéenne", comme tu voulais, pis à m'a couté un bras, faque slaque tes mardes, mon hostie.

Arya nous regarde la bouche ouverte. Je peux même lire sur ces magnifiques lèvres lisses, *mais qu'est-ce que vous foutez, bandes de connards ! Allez !!*

On se lève de table en même temps, Pat pousse presque (ça fait pain, patates, pâtes, hein ? *3P is in da house…*) le serveur au visage de plâtre du chemin, pis on sort en repassant devant le mastodonte néerlandais au poste d'accueil.

- Babaye *sir…* madame ! Que mon chum lui *pitch* en lui souriant comme un tarla.

En sortant du resto, l'autre folle se garroche presque sur moi, ce qui donne automatiquement une tête au carré de la part de ma grande perche. Pis elle sent bonne en tabarnac… là j'entends une fille que j'connais qui me dirait : elle sent bon, pas bonne ! J'sais ben qu'elle a raison, j'aime ça la gosser.

Bon, elle sent pas aussi bon que Romy là, mais quand même… Arya, elle, sent la *fucking* vanille, le *Campino* à la fraise, hostie. La chandelle *Glade* parfumée à l'érotisme. Pis comme j'ai pas ses cheveux dans face, ben j'ai sa nuque drette là, à deux pouces de ma bouche qu'y en demande pas tant. C'est un peu déstabilisant, faque j'me recule d'une coupe de pas. Wo hostie, ça, c'est pour mon pénis. Si c'était juste de lui, y cracherait dans face à tout le monde. Un hostie de tête de gland, littéralement.

Pat attend son calin qui vient pas parce qu'elle nous *shoot* qu'on décalisse, en même temps qu'un autre char de *pimp* se pointe la face. Une crisse de grosse Mercedes AMG SL63, noire laquée avec des mags de fou. Un missile de luxe. En rentrant dans le char de millionnaire, on continue de s'donner d'la marde, ça nous garde vif d'esprit qu'y disent, ou une connerie de c'genre là.

- Crisse, *man*, à m'a même pas donné un p'tit bec, Gerry, pas de taquins non plus. C'est chien en ciboire.
- Ah, *come on* grosse tantouse, arrête de brailler. Fonce donc pour c'que tu veux avoir dans vie ! Les filles aiment pas ça les ti-gars qui s'apitoient sur leur sort.
- Les filles qui quoi ? Pis toé, arrête d'inventer des mots !
- Toi aussi mon taquin ! Hahaha !

Ses sourcils qui se lèvent en même me confirment qu'y vient de comprendre quelque chose.

- ... Ahhh ! Va donc chier mon tabarnac ! T'es t'un crisse de fou Gerry !
- Un crisse de fou, opportuniste.
- Hein ?
- Laisse faire, câlice.

À la seconde qu'on pose notre cul sur le cuir odorant noir de la Benz, la face de marde qui conduit avec des lunettes de soleil pis un *earpiece* encastré dans le canal auditif me dévisage dans le miroir central, pis pèse sur l'accélérateur comme si le char s'était fait piquer par une guêpe de quinze livres. Pat lâche un sacre, moi j'ai le cœur pis les gosses dans gorge, écrasés dans le banc du bolide plus confo que n'importe quel divan ou sofa que j'me suis posé le derrière.

- Ça va aller très vite. Nous sommes à douze minutes de l'aéroport, le vol dure environ une heure trente. Ce soir, nous dînons au Jules Verne, le resto au deuxième étage de la tour Eiffel. Ensuite, le bar à champagne au sommet nous accueille pour une dégustation de leur meilleur cépage avec l'option de liquider trois personnes. On vous paie deux cent mille billets chacun pour chaque cible éliminée, si vous accomplissez votre tâche, mes amours. Et puis vous serez payés ce soir.

Hostie… J'étais pas dans le champ pantoute. Elle veut qu'on tue pour elle. Je comprends plus rien. Pourquoi une agence engagerait des torlons au lieu de vrais professionnels ? À moins que ce soit pas les ordres des grosses têtes à cravates. C'est peut-être juste une petite équipe qui fait des jobs de ménage *on the side*…

Pat fait le tour de l'intérieur de la bagnole de son regard suspicieux, après avoir dit au chauffeur sa façon de penser sur sa conduite en sacrant à qui mieux mieux. Le *dude* a pas bronché d'une miette, il s'est contenté de fixer la route. Arya elle, riait comme une folle.

- Allez, décoince-toi Pat, y'a pas de mal, on va se marrer ! Et puis on vous paiera beaucoup plus de blé que ces connards là, vos anciens patrons à qui vous avez fait la peau, et très violemment, je dois avouer. Vous êtes des putains de malades, et nous voulons exploiter vos talents.

Je fucking rêve... C't'une crisse de joke certain, hostie !

- J'ai tu ben compris Gerry, *man* ? Elle nous donne une job payée à deux cent mille bidous ? Pourquoi, câlice ?

Pat a compris le montant d'argent au moins...

- J'sais pas encore ! J'suis rendu au même point que toi l'gros ! Elle est ici avec nous, faque logiquement, j'en entends pas plus que...

- Ah ok là ! *Fuck off*, Gerry, fais pas ton crisse de frais de crisse.

- Pis comment tu sais ce qui s'est passé au *resort*, Arya ? T'étais là en tant qu'éclaireure hostie ? Le monde est donc ben croche, tabarnac !

- Du calme, Gérald. J'ai une connaissance qui connait quelqu'un qui y travaillait comme cuisinier. Il se nomme Günter.

- Rien à câlisser qu'y s'appelle Guidoune ou Günter. J'pensais qu'on nous recherchait, pas qu'on nous offrirait de travailler pour vous. *Anyway*. Vous êtes qui d'abord ? Le FBI ? La CIA ? Les *fucking Men in Black* ?

Je l'vois dans sa face que ça y tente crissement pas de me répondre là-dessus. Faque je pèse un peu plus, même si ça me fait mal parce qu'elle me regarde avec des yeux cochons, ou elle a mal au ventre. Dans un sens, ça me fait un peu chier parce que j'pensais ben que Pat se la farcirait. Mais bon, qu'y mange de la marde. Haha ! C'pas de ma faute, tsé. Bon je pourrais ben me retirer pis dire à Arya que j'suis pas intéressé. Que j'ai pas envie de la toucher, de l'embrasser partout... lui lécher l'intérieur des cuisses... C'est intense, hein ?

J'ai de la misère avec l'arrêtage de *cruisage*. Si je vois une belle femme, ben y faut que je lui dise, ça sort tout seul de toute façon même si j'essaye de me retenir. C'est beau, une femme. En tabarnac !

- Réponds-moi ciboire, Arya ! Tu veux qu'on te *trust*, ben dis-moi au moins pour qui tu travailles ?
- Ouin, Arya (même après lui avoir répété que ça sonnait comme de la marde, Pat y ajoute, oui-oui, le crisse d'accent circonflexe !) Arrête de nous niaiser pis d'nous prendre pour des tatas, Gerry pis moé, on est pas arrivés de l'arrière patrie, on est pas des caves.
- Mais j'y comprends que dalle à ton charabia, ducon ! Qu'est-ce que tu viens de me raconter ?

Temps mort... Pat la regarde comme si elle lui avait parlé en inuit.

- ... peu importe, pour répondre le plus vaguement possible à ta question, Gérald, c'est une division dark du FBI, ça te va ? Ça s'appelle Phoenix. On ne liquide que des criminels extrêmes, les violeurs, les batteurs de femmes et d'enfants, et dans certains cas, dictateurs et tueurs en série. Ceux trop plein de fric pour se faire prendre et ainsi moisir en taule.

Okay, le nom est original, pour pas dire un peu *badass*... Pat fait sa face de pas impressionné, y croise les bras pis *shoot* à Arya :

- Heille, va chier câlice, Aryâ, m'a t'en faire moé ducon, c'est toé l'esti de conne !

Bon, j'pense que le *kick* que la demoiselle avait pour mon grand crisse de poireau a complètement disparu après cet intermède, haha ! Grand mongol.

- Pat, les nerfs hostie ! On s'en câlice, ça te tente-tu de faire ça, toi ? Recommencer à tuer du monde, ben des vrais criminels ? Merci Arya de m'avoir dit pour qui tu travailles, c'est une belle marque de confiance que tu m'fait là.
- ...Merci Aryâ de m'avoir dit blablabla, arrête d'y licher l'cul, *man*... mais j'pense que ça va être payant en crisse, *big*, comme l'autre a dit.
- Vous avez accès à une bagnole de votre choix, pas de merdes italiennes à la Lambo ou Ferrari

d'accord ? Restez discrets. On vous refile des cartes de crédit, des armes, et puis pas de conneries d'épées et d'étoiles ninja, que des flingues, avec silencieux de préférence.

What the fuck hostie ? J'vais devenir James Bond, câlice ? Yeah ! Haha !

- Les mecs, vous avez débarrassé le plancher de ces deux zozos de Marcel Turcotte ainsi que cette pute d'Anaïs, les dommages collatéraux sont évidemment tristes, et puis bien sûr que vous n'étiez pas obligés de les tuer, mais vous avez pris une décision, brutale certes, mais c'en était une.
- Moé ça va *man*, j'embarque. Mais tu nous claires-tu de nos dossiers ? J'veux dire, tu nous élèves-tu la marde qu'on a gossée ?

Arya se retourne pis elle me *pitch* un "mais qu'est-ce qu'y raconte cet enfoiré". Pour la niaiser, je hausse les épaules en voulant dire que j'comprends rien de ce qu'y dit moi non plus, mais elle me fait une de ces faces... un regard ardent avec des yeux de chat. Presque certain que la pupille était à la verticale, hostie. Faque je lui traduis ce que mon pauvre chum essaye de lui dire parce que ça me tente pas de lui résister.

- Y dit qu'y embarque mais y veut que tu retires nos noms de la liste de *dudes* recherchés par la police partout sur la planète. Pis ça fonctionne comment ? Pour la paye je veux dire. Le deux cent mille chaque ? Tu nous le donne *cash* ? On est sûrement pas payés à la tête chez-vous…
- Merde, ce que vous êtes stressés les mecs, ça va, j'accepte vos demandes. Et puis je vais tout vous expliquer en détail à bord, une fois bien assis et relax. On se grillera quelques pétards avant d'embarquer, nous y sommes dans quelques instants d'ailleurs. Allez, changez-moi ces têtes d'enterrement ! Ça va exploser, je meurs d'envie de vous voir à l'œuvre.

Ouin… c'est ça…
Ben hâte de voir ce que les prochains jours nous réservent.

On débarque du char-salon-missile directement sur le tarmac de l'aéroport, à genre dix *fucking* pieds du petit *Cesna* du FBI. Mais c'est rien écrit dessus, à part le numéro d'identification. Pis j'y connais crissement rien aux oiseaux de métal mais y'a pas l'air vieux-vieux le tit-avion. Un beau bleu foncé avec des gros mags chromés. Une édition spéciale *Pimp my plane* avec Xzibit portant une casquette de pilote d'*American Airlines*.

- *Shit*, vous y'allez pas avec l'os de la pomme d'antoine !
- Je crois que je l'ai saisi celle-là, tu voulais dire le dos de cuillère, non ? Haha ! Un point pour moi !

Elle saute presque sur place en ricanant avec des petites fossettes. On dirait une écolière su'l mush. Par contre, ça empêche pas que j'lui crisserais ben mon pénis...

- Hein ? (le nombre de fois qui peut me dire "hein" dans une journée, c'est drôle quand ça arrive à quelqu'un d'autre, câlice.)
- Il est sérieux cet enfoiré ? Il m'a écoutée ou pas ?

Fallait que ça arrive, Pat a des problèmes de communication si c'est autre chose que sa langue.

- Y comprend rien, Arya, c'est l'accent, prend le pas mal. C't'un hostie de bon assassin pis un bon gars mais c'est pas un spécialiste des langues.
- Hey, *fuck off* Gerry, ma langue peut faire ben des affaires okay là !
- Les nerfs hostie, je parlais de la langue, la linguistique.

Câlice, j'aurais pas dû utiliser ce mot là...

- Kessé ça ?

J'allais l'envoyer promener mais Arya, qui le connait pas ben ben, lui répond gentiment. Erreur.

- La linguistique est l'étude scientifique du langage, Pat.
- Hein ? Kessé qui s'passe, câlice ? De quoi tu parles, Aryâ ? (chapeau pointu !)

J'ai commencé à jaser avec elle pour changer de sujet sinon on aurait pas fini d'en jaser sur notre lit de mort.

Dans l'avion, y'a huit bancs à gauche, pis sept à droite. Y'a le pilote (sans la casquette d'Xzibit), les deux faces de cul qui étaient assis en avant dans la Mercedes, Arya, Pat pis moi. Au fond de l'appareil, y'a un ti-rideau pas assez long pour camoufler autre chose que des torses humains, pis derrière, y'a un beau ti–bar. Je m'assis derrière Pat, mais à côté d'Arya.

- Crisse, *man*, t'aurais pu t'assire à côté de moé !
- Y'a quelqu'un à côté de toi, Pat, pis j'aime mieux regarder ses jambes à elle que les tiennes. Pis les bancs se tournent. C'est le gros luxe, hostie.
Oups…

Les deux agents têtes de jambon lèvent la tête pis se retournent en même temps, on dirait les gogosses qui sortent d'une machine *À la Ronde* (oui, le parc d'attraction) que tu pioches avec une masse molle. Des marmottes peut-être ? M'en souviens pu pis on s'en crisse *anyway*.

Arya prend la parole, *fuck*…

- Alors t'aimes me mater les jambes ?

Fais pas ton innocente, hostie. Tu peux pas porter des shorts de même si t'es pas convaincue d'en avoir une solide paire. Sont tellement lisses et luisantes qu'on voit notre reflet dedans, hostie.

- Euh, ben c'est que…
- Haha ! Je me fous de ta gueule, Gérald !

Elle se retourne tout de suite après qu'elle m'ait ensorcelé, encore, pis elle se met à engueuler ses deux collègues à la tête fromagée.

- Foutez-nous la paix espèces de fouilles-merdes ! Regardez devant vous et branlez-vous si ça vous plait, mais pas un mot ni un regard de travers dans ma direction ou vers un de ces deux charmants messieurs, pigé ?

Le pilote nous annonce de nous attacher parce qu'on décolle à l'instant. Tous les agents et personnel de bord sont Français, à part Arya, d'après ce que j'peux voir. Quoique ça change peut-être câlicement rien mais on sait jamais, y faut toujours essayer d'avoir le plus d'info possible quand tu trust pas vraiment personne. À part mon débile de chum.

- Heille Gerry, tu trouves pas que Aryâ (on lève les mains en chapeau) ressemble beaucoup pas mal à l'autre folle là, celle du domaine-là, tsé l'autre crisse de crinquée que t'as tué ? Tsé à s'faisait licher le clit par la serveuse là… câlice *man*, j'ai pas de mémoire pour les noms !

Pour les noms, pour les pays, pour les films, les band de musique, même le nom des aliments c'est tough pour lui, des fois… Grand crisse de torlon du câlice.

- T'aurais dû la crier la passe du lichage, Pat, j'pense qu'à t'as pas entendu.
- Hein ? Comment ça ?

Trop tard, elle a entendu.

- Serais-tu en train de me comparer à cette pouffiasse d'Anaïs ? Cette pute à deux sous ? Je vais t'en foutre moi !
- Hey-hey wo-wo ! Attends, Arya, casses y pas la yeule tout de suite, j'allais lui dire que c'est votre accent qui fait que vous vous ressemblez.

Tu lui ressemble crissement pas physiquement, okay ? Crois-moi ! On pourrait vous reconnaître à des kilomètres, hostie.
- Ouin, c'est vrai, Aryâ ! Je te com... j'te compt... Ahhh ! Tabarnac !
- Ça va grand bêta, j'ai compris.

Pis elle lui met une main sur la joue sans lui foutre une baffe, ça fait changement parfois, un peu de tendresse...

Fait longtemps en hostie que j'en ai eu moi, à part un peu de papillons pis de serrements de gosses à cause de la gente féminine en général, c'est assez sec en matière de câlins pis de moufs-moufs, câlice.

10.   Ça tombe de haut, à la tour Eiffel

Je suis jamais allé dans un aéroport à part, v'là crissement récemment. Pis Paris, Charles-de-Gaulle, c'est gros en tabarnac. Pat sacre tout son soûl depuis qu'on a passé les douanes, très rapide d'ailleurs avec des agents du FBI, pis que là on se farcit des tonnes de gens. Tout le monde se respire dans face, tout le monde gueule, ça sent le câlice pis j'ai mal à tête.

- Suivez-moi les mecs, il y a une bagnole qui nous attend droit devant.

Les deux cornets à la vanille me regardent, pis y *switch* leur regard vers Pat en nous mimant de passer devant. Mon chum leur mime ses deux majeurs en réponse, me sourit pis me crisse une claque dans le dos.

- J'ai hâte de commencer, *man*, Gerry !
- T'es sûr ? On va pas essayer de tuer des ti-counes pis des varlopes là, c'est des vrais

malades, des *fucking* criminels. Pis pas des voleurs de dépanneurs là, nenon, des crisses de maniaques d'hostie !

- Les gars, vos gueules. Vous réussirez, n'oubliez pas que vous aussi, êtes des putains de cinglés.

Elle dit ça en faisant glisser l'ongle de son index de son lobe d'oreille à la base de son cou, tout doucement.

Je comprends pas son geste érotique mal timé mais bon, ça m'allume pareil vous savez ben.

(Ma bite) : J'peux sortir, maintenant, dis ?
(Moi) : Non, couché, câlice !

Faudrait pas que Romy retontisse ici, j'serais dans le baston. Bon, dans le meilleur des mondes, je pourrais avoir les deux mais ça marche pas de même à ce qu'on m'a déjà dit.

- Euh... ben, merci, hehe. Je vais le prendre comme un compliment, hein Pat ? C'est un bel éloge, hahaha !
- Hein ?
- *Fuck it*, Pat.

- Est-ce que par hasard je te fais peur, Gérald ?
- Pfff, arrête, Aryâ, Gerry a pas peur de rien, câlice, c't'un vrai bakouraï. Encore moins d'une p'tite plo... euh... d'une fille comme toé, *man*.
- Nenon, tu me fous la chienne, Arya, tu dégages trop d'affaires en même temps, c'est dur à expliquer, c'est... décâlissant. Pis tu m'intimides en tabarnac.

Son regard s'illumine, aucune idée pourquoi. On dirait qu'elle vient de se dire : *Oh, putain ! Je l'ai dans ma poche ce clown, je vais lui faire faire tout ce que je veux !*

Mais c'est pas ça qui se passe pantoute. Elle détache sa ceinture de sécurité, même si le pilote a dit de s'attacher, elle se lève, regarde vers ses collègues faces de marde en barre pour vérifier s'ils se mêlent ben de leurs affaires pis se dirige vers moi en me regardant droit dans les yeux...

J'me câlicerais le pouce dans bouche pis j'me roulerais en boule dans un coin tant son regard est bouleversant. J'ai la patate qui va me sortir par la gorge, hostie.

- Heille, Aryâ, (y changera pas tsé, circonflexe power) tu peux pas te l'ver de ton siège durant le décapage, *man* ! C'est du chiendent !
- Quoi ?! Ta gueule ducon, j'vais m'asseoir juste ici, sur les jambes de ce mec.

Euh… Okay…

- Concentre-toi sur la partie qu'y a dit de pas te lever durant le décollage, Arya, le reste, même moi je comprends rien.
- *Fuck you*, Gerry, *man*.
- Hahaha ! Ce que vous êtes cons les mecs !

Personne n'a rien vu, et ne veulent rien voir *anyway*, sous les menaces du petit bout de femme dynamité qu'est Arya.

Elle tourne mon banc de quarante et quelques degrés vers son entrejambe pis s'assoit carrément sur mes cuisses, en crisse de califourchon d'hostie. Ça sent bon. J'me sens bouillir de l'intérieur, j'vais exploser si j'fais rien. J'ai des frissons partout, qui montent et descendent sans arrêt, me faisant trembler comme un frisson de pisse. Elle pèse rien, je pourrais prendre ses fesses de mes mains pis la soulever jusqu'à mon visage pour lui lécher la chatte.

Mais je l'ferai pas. Pas l'envie qui manque, tabarnac. Mais y'a quand même du monde, tsé. C'est pas correct, qu'y disent. Mon cul, ouais. Y sont juste jaloux ces câlices-là, haha !

- Bon ben j'pense que mes chances sont moites, man. *Fuck you* Gerry, tu pognes toutes les crisses de plo…
- Hey-hey-hey-hey… Pat, ta yeule avec ce mot-là. Haha ! Crisse que t'es con. Pis j'suis désolé pour les filles, j'fais pas exprès. Ça doit être mon sexe-à-piles comme tu dis, hahaha !
- Allez donc toute chier mes crisses de chiens !

Bon y boude encore mais ça dure jamais longtemps, faut juste qu'y se trouve un peu de chair pis ça ira mieux. On dirait un veau en manque de lait, hostie.

Pis comme pour couper la conversation plus drastiquement, une claque dans face à Pat aurait mieux fait la job que ce qu'elle s'apprêtait à me faire.

Les deux collègues-mange-marde n'ont pas bougé d'un crisse de poil.

Le visage d'Arya est à rien du mien, elle tourne un peu la tête pis elle m'embrasse langoureusement... pis ça goûte, le *shortcake* aux crisses de fraises ciboire, devant tout le *fucking* peuple de l'avion du câlice. J'adore l'audace, mais j'peux pas m'empêcher de penser aux autres, qu'y ont pas ce privilège... pff, pas pantoute, qu'y mangent de la marde ! Hahaha ! YOLO tabarnac, comme y disent, ces *fuckés* là.

Mais c'est pas Romy...

Ç'a pas duré super longtemps, faut quand même pas exagérer, même si ma graine est crissement pas d'accord, Arya est retournée s'asseoir à sa place en me chuchotant que je partageais sa chambre d'hôtel ce soir, après le cocktail. Je sens *James Bond* prendre de plus en plus de place.

Mais je peux pas la baiser comme James le fait. J'ai déjà ma Bond girl, pis est rousse comme le cuivre poli. Oh, c'est beau ça… haha ! Crisse de plotte.

Pis bon, faut aussi qu'elle nous dise c'est qui les trois singes qu'on doit crisser en bas de tour Eiffel. Mais c'est secondaire dans ma tête après ce qui vient de se passer. Normal. Pour un gars qui se fait majoritairement du temps diriger par sa bite, pis les femmes qui sentent le bon temps.

- Bon, vous avez fini de vous diverg… dévor… de vous plotter, câlice ! Jasez donc avec moé, là ! C'est plate tu seul de mon sort.
- Haha… J'adore la façon dont tu parles Pat, même si j'y comprends rien. Justement, je dois vous parler de comment ça se passera. Alors écoutez bien. La sécurité partout est minime et encore moins présente aux étages supérieurs. Vu notre rendez-vous avec ces connards de trafiquants d'humains, je vous épargne les détails, nous avons convenu avec le Conseil de Paris d'éloigner tous les agents de police du monument, par mesure de sécurité. Nous ne cachons à personne avec qui nous travaillons que nous sommes du FBI, nous ne taisons que la division. Au fond, notre équipe s'autorise à détruire les nuisances humaines, permettant

ainsi d'éviter qu'ils passent par le système corrompu de la justice. Voilà, vous savez à peu près tout. Bien. Alors, une fois le repas terminé, vous deux et moi-même monterons aux derniers étages rencontrer ces... horribles personnages.

- *Cool*, tabarnac ! J'ai hâte en ciboire *man*, Aryâ ! Heille, pis kessé qu'on va bouffer au resto ? J'espère que ça goûtera pas aussi mauvais que leurs faces, hein Gerry ? Hahaha ! Crisse qu'y ont l'air bête ces estis là, l'gros.

- Reviens en de la bouffe, Pat. Faut pas que tu manges trop si tu veux être capable de tuer trois gars, ou deux, ou un... bah, on se partagera le dernier.

- Ben si j'peux pas apimenger mon temps avec une... ben une touffe là, ben j'va manger à place. T'in, y'a une expression pour ça aussi me semble : comme quoi j'bouche mes démotions ou quekchose de même. C'est tu ça, Gerry ? Ou Aryâ, si tu veux parmenter ?

La belle petite ninja de cent deux livres me regarde comme si j'avais une paire de gosses qui m'étaient poussées en dessous du menton, comme un des personnages dans *Men in Black 2*, *a ballchinian*, un menton-couillu.

Haha… J'en veux un dans mon salon. Pis si ce *dude* là a une grosse paire de gosses en dessous du menton, vous me voyez venir, hein ? Haha ! Ben oui, leurs conjointes, y'ont quoi comme équipement ? Faudrait checker ça plus en profondeur j'imagine…

- Je sais pas, mon grand mongol. J'm'en sacre un peu là. On verra ça là-bas, y doivent avoir un menu, hostie, faque je verrai ça en lisant le crisse de menu.
- Okay, Gerry, pis va chier d'être bête *man*. Tu penses juste à la fourrer l'gros, je l'vois tsé, j'suis pas un sang-mesquin. Toute ton sang est dans ton crisse de pénis de marde à cause de Aryâ, *big*. Faque fourre la, *man*. Fais lé qu'on en ternisse.

Pendant qu'on déconne, l'hôtesse de l'air sans écusson de compagnie aérienne vient nous *dropper* un plateau avec trois beaux whiskey ben frais, pis sans glace, comme je l'aime.

Ce voyage là commence ben…

*

On arrive enfin à l'hostie de tour après une éternité. Quand tu penses qu'y a du trafic chez-vous, ben y'en a pas, câlice. Mais c'est *fucking* beau ici, plus *hot* qu'en photos en tout cas. Pis c'est vraiment archi-méga-crissement apaisant d'être juste nous trois pour la *ride*... J'avais pas envie de me taper un repas avec ces deux enculés là. Arya leur a dit qu'elle les sonnerait ? *What the fuck*... Bref, elle a dit "je vous sonne si j'ai besoin, je vais me débrouiller seule pour le moment, vous pouvez rentrer chez-vous." Ça ressemblait à ça.

Quand tu la regardes d'en bas, presque accoté sur la base, c'est haut en câlice la tour Eiffel. Mais j'ai pas le vertige, faque j'm'en crisse. Pat se promène les mains dans les poches, avec sa baboune. Mais il la lève quand même pour regarder le paysage pis la tour, le grand babouin. C'est déjà ça. J'vais trouver quelque chose de cave à dire pis y va flancher. Il le sait. Je l'sais. Si y rit, c'est qu'y a perdu, le grand tabarnac.

- Nous sommes en avance de quelques minutes. Vous voulez fumer ce pétard avec moi ? Il est trop balèze pour mes poumons cet enfoiré.

- T'es sérieuse ? Crisse, Arya, c'est pas un joint ça, c'est gros comme un deux litres de pepsi. J'vais tuer du monde moi dans pas longtemps. J'vais attendre après si ça te dérange pas. Pas envie de crever parce que j'suis trop *stone* pour tirer une balle comme seul *James Bond* peut le faire, avec classe et *badassness*.

- Pat ?

- J'ai faim, *man*.

Alleluia câlice ! Y'a parlé !

- Fume avec moi Pat, on monte dans cinq petites minutes. Allez, sois pas fâché.

Elle a réussi à le gagner avec son sourire hypnotisant. Ça doit être ça son *superpower*, quoique ça doit fonctionner avec tout le reste de son *body* de course mais bon. Pat a fait son *reset*, y'est reparti.

Moi j'suis là comme un prof de maths les bras croisés à les regarder se griller un crisse de gros bat. On va manger de toute façon, ça va faire dropper le *buzz* pas mal. *Fuck off*, hostie.

- Donne-moi donc une pof, hostie de câlice. Euh, s'il te plait. Pendant une coupe de secondes, je pensais que j'étais seul avec Pat. Haha...
- Haha ! Gerry ! Crisse de tata, *man* ! Hahaha ! Si t'avais vu ta face changer quand t'as réel... euh, ralisé ? D'la marde tabarnac !
- Hahaha ! Ce que vous êtes marrants les gars, on dirait un vieux couple.
- Heille *fuck you* Aryâ, *man*. *Fuck*, j'm'excuse *big*, c'est *tough* parler avec une *chicks man*, on peut rien dire de dépecé.

J'aurais pas dû prendre une pof. J'suis trop gelé pour manger quoi que ce soit. Là, j'ai juste le goût de parler. Même si j'étais seul ici, je me trouverais un ou une tête de nœud à qui jaser.

- Nous partons, vous allez voir, c'est très joli comme vue.

On la suit pis on embarque dans l'ascenseur. Y'a déjà quelqu'un, à part le papi à calotte qui est chargé de peser sur le piton. Une grand roux, sec, avec une moustache aussi rousse-orangée que *Youppi*! nous dévisage avec sa chemise hawaïenne boutonnée jusqu'en Finlande.

Arya est gelée *tight*, faque elle repart son claque merde.
- Vous pouvez m'apprendre à sacrer comme une québécoise ? J'aimerais bien apprendre, et puis c'est trop drôle !

Je m'apprête à faire mon *smat*, mais fastoche me coupe la parole comme une marde.

- Ha ! C'est...
- C'est des années d'extrarie... d'esmée...
- D'expérience, Pat.
- Va chier Gerry, pis je l'savais quasiment le bon mot à dire c'te fois là... *Check* ben. Bon, ça, ma belle Aryâ, *man*, c'est des années d'ext... périence !

J'allais lui dire un beau bravo à voix haute, mais c'est chien pis "poil de carotte" nous *check* encore avec un sourire en coin. Faque je regarde Pat pis je fais un clap-clap avec mes mains. Il contre-attaque avec un inventif *finger*, pis il *upgrade* à deux pour plus d'effet.

Pat a aussi remarqué que monsieur *Tangerine Dream* nous fixait. Ça le fait pas tripper ça, le monde qui le regarde avec une tête de mange-marde. Y'annonce poliment à l'homme sa façon de penser.

- Kesse tu veux toé, câlice ?
- Salut, je m'appelle Carl.
- M'en câlice-tu, le homard de l'atlantide, regarde ailleurs sinon j'te crisse en bas de l'élévateur.
- Pat, les nerfs. Laisse le tranquille, y fait rien de mal, y f...
- Ouais, c'est vrai, je fais rien de mal ! qui nous lance presqu'en chialant comme un bébé truie. *Oups, un porcelet.*
- Heille toi le céleri rouillé, ta yeule pis fais pas le cave, je te défends là le cornet, arrange-toi pas pour que ce soit moi qui te crisse en bas.
- Tu peux toujours essayer, mais bonne chance avec ça.

Là, c'est Arya qui pogne les nerfs.

- Non mais tu la ferme espèce de connard !? De quoi tu te mêles monsieur *Napoléon Dynamite* ? Ferme ta gueule et dégage, qu'elle lui *shoot* en lui montrant son badge pis son *gun* chromé.

C'est une bonne chose que la porte de l'ascenseur se soit ouverte en même temps qu'elle lui a dit de dégager. Elle avait la face rouge pis les poings serrés. Grrrr, hostie… haha ! Petite crisse de *badass*.

- Allons, entrons manger, cet idiot a filé de l'autre côté.
- Où l'autre côté ? Y'a rien de l'autre bord, Arya, à part d'autres fenêtres.
- Alors j'en sais rien, et on s'en fout, qu'il aille voir ailleurs si nous y sommes.
- Ça serait pas un des malades qu'y faut qu'on tue, Aryâ, *man* ? Ça serait *cool*, me semble que je lui ferait passer un gros jet de parleur.
- Haha ! Négatif, les mecs. Par contre, s'il continue à se balader dans le but de nous mater de la sorte, je t'autorise à lui faire la peau.

Pat est tout content, y va peut-être pouvoir y faire la passe du petit cochon qui tousse au monsieur orangeade, si on le revoie.

C'est vraiment impressionnant comme place, nos yeux sont remplis de belles affaires, mais ça sent le frais chier. Pis l'odeur d'Arya est pas assez puissante pour la camoufler. Au pire j'vais crisser ma face dans son cou.

- Crisse, Gerry, *man*, c'est *full* "j'suis plein de *cash* icitte" ! Ça coûte quoi une assiette icitte, genre trois mille piasses ?

Je viens pour y dire de fermer sa yeule mais y'a une dame d'une cinquantaine d'années avec un chignon aussi noir que mon trou de balle pis une tétine grosse comme mon poing en dessous de l'œil gauche qui apparaît devant nous en coup de vent. La garnotte est tellement grosse que la bonne femme peut même pas cligner c't'œil là au complet.

- Bonsoir et bienvenue ! Z'avez une réservation ?
- Bonsoir madame, oui, au nom d'Eva Green.

Pat vire la tête dans ma direction comme un *fucking* hibou. Moi, pendant... trois-quatre secondes, ben j'me demande vraiment si la vraie Eva est supposée bouffer avec nous autres ou si c'est juste Arya qui rit de ma gueule. Parce que si c'était elle pour vrai, ben je m'évanouirais probablement. Fort probable que ma graine me réveille quelques secondes après pour que je manque rien de la vue de cette actrice… Bah, je dis ça mais Romy est ben plus belle qu'Eva Green, haha !

Crisse, je m'ennuie d'elle tout d'un coup… J'ai jamais connu ça le coup de foudre, avec mon ex, Isabelle, on s'est rencontrés pis on s'est matchés, that's it. C'était poche mais c'est du passé, on s'en câlice.

- Rêvez pas les mecs, c'est une blague pour Gérald, parce qu'il m'a dit qu'il se sentait comme s'il était *James Bond*. Marrant, non ?
- Haha ! C'est pas drôle pantoute, Aryâ, *man*. J'me souviens qu'est plotte en esti elle… mais c'est qui déjà, Gerry ? À joué dans quoi ?
- Dans mes *shorts*, hahaha ! Hostie de *joke* de mononcle, hein ?

Nous autres on déconne comme des crisses de mongols devant la bonne femme qui, surprenamment, ne démontre aucun signe d'impatience. Ça doit être la cocotte de hasch qu'elle a de collée dans le visage qui l'empêche de nous voir aller.

Mais elle finit par péter une coche pareil pis elle nous coupe la parole.

- Parfait madame Green, suivez-moi.
- Merci pour la petite attention, Arya, c'est *cute*, haha.

Elle a réservé le resto en utilisant le nom d'une *Bond girl*... ben c'est pas le nom du personnage mais l'actrice canon, ça fait l'affaire. C'est quoi c'te fille là, câlice ? Est trop *hot*, pis dans tous les hosties de sens.

- Merci pour la p'tite attention blablabla... ta yeule, Gerry, *man*.
- Mais ça me fait plaisir, Gérald, j'aime jouer à...
- Heille, okay, *fuck you* vous deux pis allez donc fourrer calvaire, ça va vous faire baisser la péremption.

Je continue de rire de lui en poussant la chaise d'Arya, parce que j'suis un des rares hommes qui reste qui pense que la galanterie a encore sa place dans notre génération de jambons. Pis j'en profite pour me sacrer le nez à la base de son cou pour la respirer une autre fois.

La dame nous mentionne que le serveur arrivera très bientôt. Au moins elle force pas de sourire, elle sourit pas, point. Quoique moi non plus je sourirais pas avec une motte pareille qui me cache la vision. Je me recrisse la face dans son cou.

- Allez, c'est pas beau, ici ? Vous allez voir, la bouffe y est tout autant.
- Gerry, *man*, sort de d'là câlice pis vient t'assire, t'as l'air d'un obsédé textuel.
- Haha ! Textuel... Mais j'en suis un hostie d'obsédé ! Pis je m'assume, ciboire. Elle sent la joie de vivre pis elle me laisse faire en plus, c'est un *win-win* comme y disent. Pis les nerfs mon grand farfadet, j'suis pas en train d'y pogner les boules devant tout le monde.
- Ben oui c'est ça Gerry, fais-toé des accrus ! J'ai faim, moé, tabarnac !
- Et tu ferais quoi si je te disais de venir avec moi à la salle de bain ?
- Hein ? Moé ça ?
- Non, c'est à Gérald que je m'adresse. Il y a comme dit ton copain Pat, trop de tension entre

nous deux et nous devons l'évacuer. En baisant. De toute façon, c'est une évidence que toi et moi en avons envie. Allez, ouste au petit pot jeune homme, je vous y rejoins, hahaha !

- Voyons ciboire, t'es-tu sérieuse, Aryâ, *man* ? Voir que vous allez fourrer dans chambre de bain pendant que je niaise icitte tu seul comme un poil encorné.

Hostie que j'irais… Je sais pas ce qui m'arrive, je suis pas capable de dire oui non plus, haha… Romy me hante, je vois pas autre chose.

- Ben non Pat, viens pas fou câlice. Je bouge pas d'ici. Pis *anyway*, je pense pas que je pourrais bander avec ce qui s'en vient. Trop de pression, hostie.

Ciboire… voir que j'ai dit ça à voix haute.. hahaha !

- Je te parie ce que tu veux que je réussirais, moi.

J'en doute pas une seconde, pis c'est ça qui me fait peur justement.

- Vos yeules avec vos affaires de cul mes tabarnacs, y'a quelqu'un qui s'en vient.
- Arrête donc d'être marabou Pat, câlice.
- Trouve-moé une p... fille pour... ben pour passer du temps là pis ça va aller mieux. J'ai mal aux gosses, Gerry.
- Haha ! C'est pas à moi qui faut que tu dises ça grand mongol. Mais pour la fille, j'sais pas, au pire achète toi un cellulaire pis abonne-toi à un site de rencontre, ou crosse-toi pis câlice-moi patience avec ça mon chum.

Pendant le repas, qui était succulent soit dit en passant, Arya nous a expliqué en gros quoi faire. Elle nous a montré des photographies "spécial *mugshot*", elle nous a aussi mentionné que ça serait plus prudent, moins bruyant de faire vite et propre. J'sais pas ce qu'elle veut dire par propre mais ça doit être quelque chose comme tranchez pas de gorges ou pas de décapitations s'il vous plaît. Ça fait chier pareil, j'aime ça moi, les tranchages de gorge pis les coupages de têtes, héhé.

- C'est l'heure, on récapitule, rendez-vous au troisième, sortez en silence de l'ascenseur. Au bout du petit couloir, tournez à droite, les cibles sont sur le balcon extérieur. Ils n'ont d'armes apparentes, mais ça ne veut pas dire qu'ils n'en ont pas une de cachée dans leur costard.

Le cœur va me sortir de la poitrine mais Pat me motive avec son sourire de yeah, j'm'en va tuer, câlice, Gerry. Moi, ce qui me stimule, c'est le regard qu'Arya m'a fait quand je me suis levé de table. Par contre, faut pas que je crève comme un tata pour avoir mon nanane. Mais la partie le *fun* de ça, c'est que ces gars-là, ben c'est des enfants de chiennes, des minables, des lâches... faque leur câlisser une balle dans face me dérange crissement pas. Quoique de tuer deux-trois torlons qui étaient dans mes jambes, c'est pas la fin du monde non plus. Dommage collatéral, hostie.

Pendant que "Agente Bandante" patiente au resto en continuant de s'empiffrer de gâteau mousse, Pat pis moi on arrive au troisième. Honnêtement, c'est ben beau pis toute la tour mais on fait vite le tour... héhé, désolé. Faque on sort de la boîte à câbles, marche jusqu'au boutte du corridor, vire à drette pis paf des grandes fenêtres. La porte extérieure aussi est vitrée, câlice.

- Pat ! que je chuchote les dents serrées. Recule, pis dis pas un mot.

 Pour une fois, y m'écoute pis y décrisse de bord. On retourne dix-quinze pieds plus loin en arrière pour faire le plan d'attaque.

- Ciboire, Gerry, on a failli se faire peindre, hein !?
- Ouin, mais je les ai vu. Deux assis sur la rambarde pis un debout devant eux, donc de dos à nous.
- *Fuck man*, veux-tu que je t'appelle *Bong* pour de vrai, tu m'évites ton titre, *big* !
- Quoi ?! Haha ! Crisse que t'en arrache à soir, Pat, hahaha ! C'est *Bond* câlice, pas *Bong* ! Pis arrête de niaiser là, faut tuer ces trois *fuckés* là, on fera le *party* après, j'ai besoin d'un whiskey.

 Y sont juste quatre si j'inclus le *barman*. Pis le plus *safe* et efficace, si justement on veut pas le tuer, le *barman*, c'est de rester accroupis, pis leur tirer une balle dans face chaque aux deux gars dangereusement assis sur la rambarde (pourquoi tu t'assis là, mon crisse de malade). L'autre va clairement se revirer vers nous mais il sera pas assez vite pour même tirer une seule balle. Si ça se passe comme dans ma tête. *Fuck Bond*, je les tuerais à la sauce Neo dans *The Matrix*. Sauf que je peux pas ralentir le temps, faque ç'a moins d'effet.

On y retourne lentement, penchés comme des soldats qui se croient être, des soldats. Je me pointe le boutte du visage pour écornifler si y sont toujours placés proches les uns des autres, pis je fais signe à Pat de passer derrière moi pour aller se placer de l'autre côté. Tout est parfait, y'ont pas bougé d'un crisse de poil. Je mime à mon mongol qu'y prend celui de droite, moi celui de gauche. Je me sens comme si j'étais dans un jeu vidéo. Je sue pis je tremble d'excitation. Pat lui, y sourit comme un psychopathe.

Hostie, je pourrais l'appeler Psychopat ! Haha ! Ben non, c'est pas gentil pis y me câlisserait une volée.

Faut juste ouvrir les portes sans se faire remarquer…

Mon chum prend le *lead* pis y'ouvre la porte de son bord ultra doucement, comme si y manipulait une brique de C4 sur le point d'exploser.

À l'instant où l'ouverture est assez grande, je tape l'épaule de Pat devant moi (comme dans *SWAT* quand y rentrent dans une pièce, haha), je vise le nez de mon mange-marde de gauche, pis je tire. J'entends le *gun* de Pat faire feu une fraction de seconde après la mienne, mais les deux gars sont tombés par en arrière dans le vide, en même temps, wow. Moi je l'ai eu dans le front finalement, bon c'est pas ce que visait mais c'est un *kill shot* pareil. Pis le gars a quand même crissé le camp en bas de la tour, c'est spectaculaire en tabarnac une bêche de même. Mais je sais pas lequel des deux a touché le sol en premier par exemple, ça c'est poche…

L'autre gars qui restait, celui qui était de dos s'est *fucking* tiré une balle juste en dessous du menton. Ça y'a sorti par le top de la tête, câlice, violent mais quand même divertissant, le sang y retombait dans face comme une fontaine avant qu'y tombe en pleine face sur le ciment.

- Pouah ! Haha ! Crisse de cave, *man* ! Le gars y se câlice une balle en dessous de la mâchoire. Mais je me demande pareil pourquoi y'a fait ça, Gerry ? Y'avait tu peur de nous autres, tu penses, *man* ?
- J'sais pas, j'imagine qu'y savait qu'y allait crever, faque y'a voulu nous jouer un cul.

Le pauvre *barman* s'était caché en arrière de son bar. On est allé le rassurer avant de descendre rejoindre Arya. Le macchabée sur le balcon, ben on l'a laissé moisir là. C'est pu notre problème. C'est le côté plaisant de la chose. J'espère aussi que personne en bas a reçu un cadavre en pleine face, ça rentre au poste en hostie à cette hauteur-là.

On a fait le chemin inverse debout cette fois-là, en déconnant déjà de la facilité qu'on s'est débarrassés des "cibles", comme dirait Arya. On refait la tite *ride* pis on arrive au deuxième.

En tournant le coin, je la vois enfin, je souris comme un cave, mais y'a quelqu'un assis avec elle, je vois juste sa chevelure de feu…

Hostie de câlice de tabarnac !

11. Romy m'ensorcelle

- Romy… qu'est-ce que tu câ… fait ici ?

Là, j'ai l'air d'un crisse de gros singe. Elles se connaissent déjà ou ben elles viennent juste de se rencontrer ?

Arya me regarde avec un sourire espiègle, je pense qu'elle se fout de ma yeule solide. Elle voit ben que j'suis mal à l'aise en tabarnac. Elle dit rien pis elle continue de me fixer de ses yeux hypnotisants.

- Salut Gérald ! Je suis vraiment contente de te voir ici, et surprise, je dois l'avouer. Je suis juste de passage, je suis venue ici quand je suis partie du môtel, j'ai une amie en commun avec Arya, c'est sa coloc. Je suis venue manger ici par hasard parce que j'adore la vue sur la ville, spécialement le soir. Ce que je suis bête, Arya, c'est mon ami Gérald et son ami Pat, les gars, je vous présente Arya.

Pat ouvre la bouche pour garrocher ce que j'crois être une connerie ou une vacherie mais je lui câlice discrètement mon coude dans les côtes pour qu'y comprenne de fermer son bouffe-marde.

- Enchanté Arya... Romy, c'est vraiment spécial de te voir ici aussi, très... inattendu tiens. J'avais hâte de te voir, mais je me demandais t'étais où en hostie par exemple.
- Ouin, en tabarnac, Romy, *man* !
- Pat, ta yeule ste plait.
- Je suis désolée, vous le savez bien. Et puis ? Vous les gars, qu'est-ce que vous faites ici ? C'est pas votre genre de place trop trop. T'as vraiment l'air bizarre, Gérald, ça va tu ?
- Ben oui ça va top *shape*, Romy. Je suis juste surpris.
- Exact, *man* Romy, désagrément surpris.
- Mais... est-ce que vous vous connaissez ? Arya ?
- Pantoute, *man* Romy. On est allé boire un verre en haut, pis admirer la vue de Pa...

Y me chuchote si c'est ben Paris. Y'est en forme pis y veut jaser. On est encore gelés raides, faque j'en fait pas de cas pis j'le laisse aller.

- ... Paris.
- D'accord, je vous crois. Je trouve juste que Gérald a l'air pogné. On dirait qu'il cache quelque chose.
- Pour vrai Romy, je connais pas cette fille-là. Pis j'cache rien. Pis même si je la connaissais, ça crisse quoi ? On est pas mariés, on a même pas baisé, tabarnac !
- Gerry, *man*, t'es t'un esti de malade ! Pis c'est vrai Romy, on la connait pas mais est *sex* en tabarnac avec ses p'tites crisses de shorts.
- Hahahahahaha ! Merci du compliment.

Ça, c'était le rire de buveuse de whiskey d'Arya. Bon, vous pouvez pas l'entendre. Pas fort, hein ? Bah, m'en câlice.

- C'est bon je vous crois, mais vous trouvez pas que l'ambiance est lourde, et je trouve que ça sent le sexe ou l'avant sexe. C'est toi Arya qui dégage ça ? Haha ! Bon je vous laisse les gars, je dois aller rejoindre ma copine. Salut Arya, c'est toujours le fun de te jaser.

- Au revoir Romy, on se prend un café la prochaine fois. Et pour l'odeur de sexe qui se dégage, je crois que c'est la tension naissance entre moi et Gérald, c'est bien votre nom ?
- Euh...
- Hahaha ! Allez, je déconne, salut Romy !

Pat pis moi on la salue aussi mais je suis encore sous le choc de l'avoir vue assise là avec Arya... Ça *short-circuitait* dans ma tête. C'en est trop pour moi, c'en est trop pour moi... Hahaha ! Mon pénis lui, y'aurait ben voulu passer au travers de mes boxers pis de mes pantalons pour faire la passe aux deux merveilles de la nature dans un explosif et inoubliable trip à trois. Ma bite a failli me faire crisser le camp en plein face deux-trois fois à force de pousser. J'ai tellement de sang dans graine qu'elle doit être noire comme une saucisse italienne brûlée su'l BBQ, sauf moins sèche.

Romy est enfin hors de vue.

- Ouf hostie de câlice, hahaha !
- Je ne te le fais pas dire. (Jenetele, wow) Qui est-elle pour toi, Gérald ? Et pourquoi elle a l'air

jalouse alors que vous n'êtes clairement pas… ensemble ? Elle t'a quitté pendant que tu pionçais, j'ai raison ?

- C't'une conne ! Y'a eu un crisse de *kick* sur elle v'là pas une coupe de jours pis est partie comme une…

- Merci, Pat, c'est bon. Romy était *barmaid* au *resort*, quand on est partis, on l'a laissé là parce qu'on la trouvait louche, qu'elle nous suivrait juste pour le *cash*. En gros on l'a revue à Amsterdam dans un bar pis elle nous a dit que le flic qui était responsable des meurtres à St-Jovite était là-bas aussi pour nous pogner.

- Je connaissais son emploi au Québec, mais je ne savais pas qu'elle vous suivrait jusqu'ici, c'est bizarre… Alors elle vous traque ! Il faudrait que je trouve comment elle fait. Vous avez fouillé vos poches pour une puce ou quelque chose ? Vos bagages ?

J'aurais pas pensé à ça… efficace à sa job en plus la cocotte badass.

- Mais elle nous l'a offert sur un plateau, dans une ruelle, on l'a tué lui aussi. Je m'excuse, haha…

- Arrête ça, j'en ai rien à secouer de ce connard, ce n'était qu'un enfoiré.

- Ah haha... Ok. Pis en plus, on est pas ultra riches, hostie ! C'est pas comme si on avait ramassé cinq millions, c'est à peine six cent mille. J'pourrais pas lui acheter un château à Beverly Hills calvaire, tsé. Mais c'est vrai que ça commence à être *fucké* en crisse de la voir partout où on retontit.

- Alors je vais m'informer pour savoir ce qu'elle glande. Qui elle est vraiment. J'ai beaucoup de connexions vous savez, hahaha !

- *Cool man*, Aryâ, moé j'ai faim. On mange tu quekchose, mais pas icitte, *please* ?

- On vient de manger v'là pas une heure, Pat. Calme-toi.

- Perso les mecs, j'ai du boulot, mais faites ce qui vous plait, c'est Paris, il y a des milliers de trucs à faire !

Elle tourne son petit cul serré, donne un bec sur la joue de Pat, se revire vers moi, s'approche, pis m'embrasse pour la peine. Elle décampe en me disant qu'elle viendrait me rejoindre dans mon lit à l'hôtel.

- Ok ! Wa ! Euh, haha, jeche h... bye, que je lui lance, comme un *fucking* plouc du câlice.

Elle rit pis sort de mon champ de vision. Pas été capable d'y dire non. Mais y va falloir que je lui dise non aussi, même si elle me *tease* avec un petit déshabillé noir... *ouch*...

- Heille *man*, on mange-tu du Mc Mouette ? Y'en a surement un icitte, hein Gerry ? C't'une crisse de grosse ville. Pis après ? On fait quoi, *big* ? Un bar ? Une disconnecte ? Des danseuses ?
- Ciboire relaxe deux secondes ! T'as tu un minimum de mots à prononcer, hostie ? Oui, je veux moi aussi du Mcdo. Pis pas de danseuses à soir Pat, trop de monde. Encore moins une discothèque, j'ai pas dix-sept ans pis la musique électronique me donne envie de me faire ouvrir la gorge par un puma en rut.
- Va donc chier. Veux-tu qu'on se trouve un bar ?
- Y'a pas un *show* dans un bar ici qui s'appelle... Le moulin rouge ! Oui c'est ça, c'est un bar, je pense, mais en plus, y'a des shows burlesques... très divertissants, pis les filles sont incroyables ç'a l'air.
- *What the fuck* un *show* bur-patente, *man* ? Kessé ça, câlice ?

J'ai utilisé le wifi d'un café proche pour lui montrer sur *YouTube* avec le téléphone qu'Arya m'a laissé. Crissement plus simple et rapide que d'essayer d'expliquer le burlesque à Pat, avec des mots. Surtout qu'on a regardé le film *Burlesque*, avec Cher pis Christina Aguilera parce qu'y est bandé dessus. Tête de jus.

- Ahhh okééé ! Y'a ça icitte ? Dans la ville qu'on est ? *Fuck, man*, faut y aller !

- Oui mon chum, dans la ville qu'on est, comme tu dis. J'vais regarder si y'a des spectacles bientôt.

- On va pas aller là habillés comme des pompons, hein Gerry ? J'ai le goût de flasher moé ! Pis peut-être pogner des folles, on sait jamais.

- Je dépenserai pas comme un tata sur du linge à Paris, Pat. C'est ben trop cher. Je reste comme je suis, c'est pas un casino, c'est un *fucking* bar. C'est écrit sur la page internet qu'ils tolèrent pas les shorts ou tenues sportives, en autant que c'est clean. On se pogne du Mcdo pis on passe à l'hôtel, je vais prendre une douche.

On trouve un *show* pour neuf heures. C'est pas donné mais on a pas l'occasion de voir ça souvent dans une vie, aussi ben en profiter câlice, hein ? Je sais pas si Arya va revenir à l'hôtel avant que le spectacle finisse mais bon, elle me prendra quand je serai là, je vais lui texter qu'on va au Moulin Rouge.

Mais je peux pas y dire oui... Je vois Romy partout...

Le Mcdo était ben ordinaire, pas mal comme au Québec, sauf qu'on paye en euros. Ça revient genre à presque vingt piasses chaque pour un crisse de quart de livre pis trois-quatre frites même pas salées.

Les commis aux caisses s'appelaient Amir, Ahmed pis Mohammed. Je me suis même demandé si j'étais pas en Afghanistan. Les clients dans la salle gueulaient leur vie pis leurs hosties de *kids* couraient partout, y'a fallu qu'on mange dehors si on voulait pas en tuer un. Ça bouge en crisse à Paris.

- J'aime pas ça icitte, Gerry. Le monde m'énarve pis ça sent le tabarnac.
- C'est pas mon endroit préféré non plus mon chum.

On a fumé un bat dans la chambre d'hôtel pour tuer le temps après une bonne douche. On sent bon pis on est beaux comme du gruau Quaker pêches et crème. J'ai la main sur la poignée de porte pour sortir pis le téléphone de la chambre sonne.

- Kessé ça tabarnac ?!
- Voyons ciboire, Pat. On appelle ça un téléphone.
- Comment ça ? Où, ça ?
- Ta yeule là deux secondes, j'vais répondre, c'est clairement pas pour quelqu'un d'autre.

Il me regarde comme si j'avais une corne de buffle dans le front. Je *swing* la main dans les airs en lui faisant comprendre de laisser faire, câlice, pis je décroche le combiné beige-jaune des années '80. Manque juste le fridge pis le poêle pour matcher le kit rétro-disco-laite du câlice.

- Allô ?
- Monsieur Vedder ?
- N... Oui. Lui-même.

- Bonsoir, désolée pour le dérangement mais il y a une jeune dame au comptoir du nom de...
- C'est Romy, Gérald ! Euh, Eddie !

Ciboire... J'ai l'air d'un gars qui sait pas y'est qui.

- Oui, bon, vous avez probablement entendu, elle se no...
- C'est bon, faites-la monter, merci !
- Bien monsieur, et bonne soirée !

C'est tu moi ou la fille au comptoir qui m'a appelé m'a dit ça comme "bonne baise monsieur", avec un sourire espiègle dans la voix ? Pourquoi ? Romy est habillée comme une escorte ? Pis pourquoi elle est encore ici, hostie ?

Pat recommence sa ronde de questions.

- C'était qui *man* ? Kessé qu'y a ? Faire monter qui ? On s'en va, Gerry, pas le temps de niaiser icitte, tabarnac. C'est tu Aryâ ? Romy ? Ta mère ? *What the fuck*, Gerry ?
- T'as fini ?
- Hein ? De quoi ça, *man* ?

181

- Oublie ça. C'est Romy, Pat. Elle s'en vient, j'sais pas pourquoi, on verra. Pis on est en avance parce que tu veux fumer une coupe de joints avant d'entrer au Moulin Rouge, c'est toi qui me casses les oreilles avec ça depuis deux heures.

- Ah okay, *man*. Pis calme-toé mon tabarnac sinon je t'en câlice une entre les deux dents.

- Haha ! Qu'est-ce que tu vas me crisser entre les deux dents, un cure-dents ? Okay, mais c'est un peu particulier, tsé, on fait juste déconner. Un poing dans face, une tape sua yeule ça passe, mais si tu me crisses…

- C'est bon là Gerry, j'ai compris, mange de la marde, hahaha ! Crisse de frais chier de crisse.

La boule de feu sur deux pattes tourne le coin du couloir, ses cheveux suivent la vague incandescente.

- Salut ! Qu'est-ce que tu viens faire ici ? T'étais pas partie ?

Dieu d'hostie de ciboire qu'est belle. Elle doit être délicieuse à manger…

- Salut beau Gérald, oui mais j'ai su que la fille que vous avez vu à la tour a lancé une recherche d'infos sur mon cas, pis je voulais juste m'assurer que tu la connaissais pas pour vrai, je suis désolée mais je devais être certaine qu'elle était pas ici avec vous deux. Je peux entrer ?
- Euh, ben c'est parce que là on partait.
- Ouin Romy, *man*, on s'en va au Moulin Rouge voir un *show* de totons.
- Pat, hostie ! C'est pas un…
- Je sais très bien c'est quoi comme spectacle, vous allez vous amuser, c'est très divertissant, et puis c'est vrai que les filles sont très belles. Vous y allez seuls ?
- Ben… avec qui tu voulais qu'on y aille ?
- Tu m'as toujours pas laissé entrer… je peux ?
- Ah ! Oui-oui, mais comme je t'ai dit Romy, on partait là là…
- J'en ai pour deux secondes…

 Elle me dit ça en fouinant la chambre de ses yeux, elle va même voir aux toilettes.

- Tu cherches tu quelque chose, par hasard ? Y'a personne ici à part nous trois. Y se passe quoi là, tu commences à me stresser, hostie !

- Arrête donc, je fais juste regarder ce que ça a l'air.

Elle s'attendait à trouver Arya cachée, ou au moins un de ses vêtements j'imagine. Je devrais-tu lui dire que j'y toucherai pas à Arya ? Héhé... C'est comique de la voir capoter.

En sortant des toilettes, elle s'est même penchée un peu pour voir le dessous des lits...

- Avoir su, j'aurais réservé une place avec vous. Aimerais-tu que je te rejoigne ici après le spectacle, Gérald ? On pourrait...

Ben non... Ben oui. En plein ça, hostie. C'est tout le temps de même, toute ou rien, câlice. Ma tête dit oui, mon pénis aussi. À vrai dire, y dit oui depuis qu'elle a tourné le coin du couloir c'te ciboire là.

- *Man*... niaise pas, aweille. Viens t'en.
- Ça serait le *fun*, Romy, mais y va être tard...
- D'accord, je comprends. Mais c'est plate, j'aurais bien aimé passer au moins juste une soirée avec toi, après je serais partie faire un tour avec mon amie. Tu m'appelleras quand tu

te sentirais en sécurité. Bon ben… à bientôt, j'espère.

Pis elle m'embrasse. Ses cheveux longs et ondulés me chatouillent le visage, je respire son parfum en même temps que nos langues dansent. Je suis bandé comme une branche d'arbre. Elle descend sa main et me gratte la bite au travers de mes jeans en la remontant avec ses ongles. J'vais m'évanouir tellement que mon sang est concentré au même endroit. Son parfum est enivrant.

Pis elle s'en va.

FUCK !!

- Shit man, à vient tu de te pogner le bat ?
- Un petit peu, oui…
- Ça va, l'gros ? T'as l'air glaime, *man*.
- Quoi !? Oui, ça va… fiou… Crisse que ça me tentait pas de lui dire non. Hostie de marde.
- Je comprends, tu veux la fourrer, hein Gerry ? Moé aussi j'voudrais. De tout mord, tout crotté comme on dit.
- Évidemment que je veux la baiser. Pour toute la vie si je pouvais. Mais… hostie que j'sais pas

quoi faire. Je devrais tu lui dire oui avant qu'à décrisse encore pour j'sais pas combien de temps ? Ou ben je devrais voir comment ça se passe avec Arya ?

- Ta yeule, *man* ! Check lé avec ses deux filles trop *hots* pour lui qui le veulent ! *Fuck you* câlice ! Si tu penses que j'va t'aider à choisir quelle plotte tu vas fourrer, ben tu peux ben manger un char de marde mon tabarnac.

- Okay, *fuck it*, j'y penserai pendant le *show*, viens t'en, on y va.

- Enfin, tabarnac ! Pis je t'aiderai pas dans ton choix mais si c'était moé à ta place, *man*, j'aurais dit oui à Romy, est *fucking* trop bandante, Gerry. Aryâ (ben oui, avec le chapeau, ça arrêtera pas) est peut-être trop... trop... comment on dit ça déjà ?

- Je l'sais tu, câlice ! Est trop quoi ? Je peux pas deviner ce que tu veux dire, Pat. Je suis pas un crisse de devin. Je corrige tes mardes, je les devine pas.

- Un crisse de quoi ? Kessé ça ?

- Un devin, hostie, c'est un... quelqu'un qui voit le futur, c'est bon ?

- Ah ! T'avais juste à dire...

- Ben oui je l'sais, j'avais juste à dire ça à place, ta yeule, hostie ! Hahaha !

Ça parait pas comme ça mais on a fini par sortir de la chambre d'hôtel. Juste pour vous situer, tsé.

Une opportunité sanglante pour un ex-bouffon... 2

12. La marde pogne au cabaret

On a cherché un stationnement pendant presque quarante-cinq minutes. Au moins, on était pas trop loin de l'entrée.

En passant les premières portes, y'a un petit monsieur qui nous a demandé si on avait réservé notre place, faque je lui ai montré nos billets sous forme électronique avec mon téléphone. C'est pratique en crisse ces appareils-là finalement. Le monsieur nous laisse passer pis nous montre en gros l'endroit où on s'assit.

- Ciboire, Gerry, y fait chaud en tabarnac icitte ! Mais ça sent bon !

Perso je trouve que ça sent le crisse mais bon...

On avance un pas à la fois, tout le monde se marche dessus... Pat regarde partout, y'a

189

tellement de filles costumées qu'y sait plus où donner de la tête.

- Gerry ! Check celle-là ! Oh *shit !* Y'en a une autre là-bas, à quatre heures !
- Haha ! Wow, t'as enfin compris ! Je suis fier de toi mon grand tabarnac !
- Hein ? Ah, ouin ? Youhou calvaire. En tk, y'a plein de plottes partout.
- Je te le fais pas dire, y'a de la plume en crisse aussi. Viens, on va trouver nos sièges.
- Quelle plume, *man ?* Pis pourquoi le gars là-bas accoté pas loin du stage nous regarde de même ? Y veux-tu que j'y en crisse une ?
- Calme toi, Pat. Y va sûrement nous lâcher. Pis faut pas que t'oublies qu'on a l'air de deux crisses de fous, y doivent surveiller les spectateurs, certain avec le nombre de filles pas trop habillées qu'y a ici. C'est probablement un *bouncer* ou quelque chose de ce genre-là.
- J'pense que t'as raison, j'en vois plein débités comme lui.
- C'est sûrement surveillé en hostie, pis c'est pas une mauvaise affaire pour que les filles se sentent en sécurité.
- Tiens, c'est là, passe en premier, faut que j'aille pisser avant que ça commence.

- Okay l'gros. Tu m'apporteras une bière s'te plait, *man.*

- J'pense qu'y a une serveuse qui va venir nous voir pour les boissons. C'était écrit sur la page du bar qu'y avait le service aux tables.

- Quoi ? Tu veux dire que les danseuses vont venir danser sur notre table ? C'est ben *hot !*

- Elles dansent pas sur la table, hostie ! Coudonc câlice, t'écoutes-tu quand j'te parle mon hostie ? J'ai dit qu'y aurait une SERVEUSE qui va venir nous voir pour savoir ce qu'on veut boire, pas besoin de *caller* nos *drinks* au bar.

- Heille les nerfs tabarnac ! C'est bon, j'va attendre pour voir… mais j'suis pas non-vaincu.

- …

J'allais dire de quoi mais *fuck it,* ça vaut pas la peine, c'est juste un crisse de perdu d'hostie.

J'arrive aux toilettes pis y'a un gars avec un nœud papillon qui est payé pour mettre un peu de savon pis distribuer des serviettes pour s'essuyer à ceux qui viennent de se tirer un ti-pépi. Comme aux *fucking* danseuses.

Y'a même un gars avec un accent italien en train de s'obstiner avec monsieur savon.

- Monsieur ! Vous devez vous laver les mains, je vous prie.
- Nogne ! Laissez-moi trangquille ou jé fais ouné plainte.
- C'est une politique de notre établissement, monsieur. Sinon, vous allez devoir sortir.
- Allez au diamble, jé reste. Jé payé mongne billet, ducong.

C'est pas moi qui rajoute des "g" partout, c'est son crisse d'accent italien du câlice.

Comme y fini de lui dire sa façon de penser, pis que monsieur savon le lâche pas deux secondes, je le vois qui met la main derrière son veston.

- D'accord, monsieur, j'appelle…

L'italien lui laisse pas le temps de finir sa phrase, pis y sort un rasoir coupe-choux de sa poche arrière de pantalon, l'ouvre devant ses yeux pis lui tranche la gorge d'un coup, sans même hésiter.

Le coup de lame malhabile atteint la carotide de *mister savonnette,* ce qui éclabousse une traînée de sang partout dans la salle de bain, même sur moi. J'en ai à grandeur, même dans yeule, tabarnac. Le gars se tient le cou en tournant sur lui-même pendant qu'y se vide de son huile, ce qui a pour effet d'asperger rouge sur tous les murs, miroirs et portes de cabines. Bon, l'image du sang qui jute comme un *sprinkler* donne un peu sur le style pas du tout ultra exagéré de *Kill Bill* mais vous saisissez à peu près ce que ça avait l'air.

Parlant de porte de cabine, y'a deux gars encore dedans qui chialent comme des petites princesses, probablement montés sur leurs trônes de céramique respectifs.

L'italien enligne le *dude* qui s'évacue de son fluide vital les bras sur le long du corps. Il sourit pas, mais y'a pas l'air en tabarnac non plus. J'aimerais juste savoir pourquoi y l'a tué gratuitement de même, comme un hostie de débile du câlice.

- Ça va l'gros ? Pourquoi t'as fait ça ? Je t'accorde que le gars servait à rien, mais t'avais juste à te laver les mains, gros crisse de dégueulasse.

Je vois sa veine frontale qui bat comme un électrocardiogramme. Soit y s'évanouit, soit y me saute dessus, mais y décide de tenter l'approche "menaces de *tough guy*" avec moi. Ça m'impressionne pas ben ben. J'ai un *gun* pis un couteau de chasse à ma portée, mais je choisi d'y laisser une chance de pas crever.

- De quoi je me mêgne, cognard ? Je fais ce qui me plaigne. Tou as ennevie dé finir commé loui, c'est ça ? qui me *shoot* en postillonnant comme une averse de pluie un dimanche matin.
- No-non. Je trouve juste que t'as l'air d'un hostie de *fucké* dans tête du tabarnac. Un pauvre épais qui se croit au-dessus de tout le monde parce qu'y a un gros ego. Un *douche*, un mangeux de marde. Ou un mangeugne de margne comme tu dis.

L'italien chauve me regarde la bouche grande ouverte, c'est à croire que je lui ai parlé en sumérien, câlice.

- Quoi ? T'as rien à répliquer à ça mon cornet ? *Come on* ciboire, donne-moi un peu de challenge hostie de jambon.
- J'É VÉ TÉ TOUER !!!

Boooon… là tu jases…

Il me charge avec son coupe-choux les deux bras dans les airs, je recule de trois pas en diagonal vers la droite, pis je sors le mien, qui est crissement plus intimidant. Il voit le chrome de mon couteau lui briller les pupilles, y vient pour changer d'idée pis décalisser vers le bar mais je lui câlice un coup de pied dans les jambes, ça fait qu'y se ramasse un beau *faceplant* avec le sol en céramique collant et la porte de la toilette.

Je me dépêche à me garrocher dessus au cas où quelqu'un viendrait pisser, c'est quand même une toilette dans un établissement de Paris, pis je le tire vers une des cabines vides.

J'en un entend un rouspéter qu'y comprends rien de mon charabia.

195

- Mais qu'est-ce qu'il dit, ce mec, qu'est-ce que c'est que ce foutu accent de merde ?
- Les gars qui sont encore enfermés comme des petites poules de luxe, sortez de là pis décrissez d'ici au plus câlice, pis appelez la police.

En entrant le gars sonné dans la cabine qui pue le tabarnac, y s'ouvre les yeux, semble revenir à lui.

En même temps, j'entends que ça brasse de la marde dans le bar aussi, des gens qui crient, des femmes, pour la plupart j'imagine, pas de coup de feu mais beaucoup de bruits de cassage de mobilier et de vitre ou de verre cassé.

J'abrège pis je mets mon pied sur la tête de mon italien qui gigote comme un bébé naissant en tabarnac. Y'aime pas ça pantoute, c'est dur pis c'est frette, la céramique. Quand je sens que je le tiens solide, je lui plante mon couteau entre les deux omoplates jusqu'à la garde pis je le retire aussitôt en même temps qu'un filet de sang visqueux. Et de un.

Je sors de là, pis je prends mon fusil équipé d'un silencieux que j'ai dans mon étui, sous mon jacket, comme un vrai *fucking hitman.*

Première chose que j'entends en passant la porte, c'est mon chum qu'y en beurre un avec une de ses tournures de phrases du câlice, uniques et tranchantes.

- *Man,* j'te laisse trois secondes pour lâcher la fille, sinon, j'te lance mon couteau dans l'front mon tabarnac. Tu vas t'étouffer avec des pissenlits par la machine.

Je vois Pat, devant un autre chauve, même qu'y ressemble à celui de salle de bain. Sont peut-être en train d'essayer d'installer une mafia sicilienne à Paris pis y commence par les bars ces malades-là ? Bah, *anyway,* y'ont rien de mafieux, y'ont juste l'air des morons, pas de leur faute si y sont italiens, calvaire, hein ? Bref, ce gars-là tient une danseuse du spectacle par la gorge. Il est caché en arrière de la fille, faque c'est assez *tough* pour Pat de lui pitcher son couteau sans risquer de tuer la pauvre jeune femme qui braille sa vie. Deux belles coulisses de mascara lui ont creusé des cratères d'un pouce de profond dans sa poudre de face. Y'a des limites à se maquiller ciboire d'hostie.

Pas moyen d'avoir la paix nulle part, câlice. Ç'a pas marché à Berlin, ni à Amsterdam, pis ça marche pas plus ici. Toujours quelque chose ou quelqu'un pour nous crisser des bâtons dans les roues.

J'arrête de réfléchir en me secouant un peu pis je tire une balle directement dans l'oreille, maintenant en chou-fleur éclaté comme les combattants *MMA,* de l'italien probable numéro deux. La balle a passé bord en bord de sa tête, éclaboussant le ravissant minois de la fille qui a lâché un autre cri de mort pis qui est tombée inconsciente au même moment que Joe Pesci pliait les genoux pis crissait le camp sur le côté. Ils sont tombés *full* synchro, comme les nageuses olympiques, sauf en moins plate. Hostie de discipline conne du câlice. S'cusez.

- Ramasse la fille, Pat, je vais faire un tour pour voir si y'a pas d'autres manges-marde dans le coin qui foutraient pas le bordel.

- Bonne idée, *man,* y savent pas à qui y'ont le faire-part ! Tue-lé ces câlices-là, Gerry, fais-les tordre la boutonnière, *man !*

Pat est en mode *destroy.* Moi, ça me tentait pas ben ben après ce qui s'est passé à la tour Eiffel, pis après que Romy m'ait ensorcelé avec ses yeux, son parfum pis son passage d'ongles sur ma bite. Pis y'a aussi le dilemme Arya ou Romy. Faut que je m'enlève de la tête que j'vais prendre les deux ensemble ou en alternance, je suis pas regardant, mais je peux pas, ç'a l'air… Hostie de marde la monogamie, hein ?

Je continue mon chemin, y'a quand même des gens qui sont pas trop stressés, ben assis sur leur cul dans des beaux fauteuils confos pis qu'y attendent encore le spectacle. Je les regarde de travers en essayant de les convaincre que c'est des caves, mais y semblent pas s'intéresser à ma tentative. De l'autre côté, y'a un *six-pack* de danseuses qui se consolent en se faisant des câlins, rien d'explicite là, les nerfs mes hosties, faque je continue tout droit vers le zinc mais y'a personne en détresse non plus. De toute évidence, y'avait juste deux gars armés de couteaux, grosse affaire. Woupidou, hostie.

Je retourne de bord pour aller rejoindre Pat mais il est déjà en train de jaser avec une baladine moins grande que lui d'une tête et demi. Elle est habillée avec son costume de ballet, mais pas un ballet ordinaire là, nonon, un ballet avec option "c'est crissement plus *sex* de même". Je m'approche le plus discrètement possible sans que mon grand mongol me voit parce que je veux entendre ce qui se disent mais en même temps, y'a un employé qui prend le micro. Y tape deux petits coups dessus pour le tester, pis y part.

- Mesdames et messieurs, bonsoir. Nous sommes désolés de vous annoncer que nous devons fermer pour les représentations de ce soir, pour des raisons évidentes. Vous serez entièrement remboursés et pourrez profiter d'un traitement de faveur la prochaine fois que vous reviendrez dans notre établissement.

J'espère ben... pauvre fille...

- Cependant, personne n'a été blessé ici ce soir, mis à part notre cher ami Paulo, qui nous a quittés pour un monde meilleur. Le malheureux.

Mais nous avons un héros ce soir parmi nous. Un homme a risqué sa vie pour protéger une de nos charmantes danseuses. Si ce monsieur avait la gentillesse de venir nous dire quelques mots… Quelqu'un le voit ?

Hostie de câlice… Really ? Voir que j'vais aller faire le singe sur le stage, y peut ben aller chier. Je me dirige vers Pat qui s'est complètement contre-câlissé de ce que le gars au micro a dit parce qu'y a pas bougé ses yeux de la fille une seule seconde. Il finit par me voir arriver du coin de l'œil pis y me saute dans les bras comme un enfant qu'y a pas vu son père pendant douze mois, parce qu'y était parti faire la guerre pour un gouvernement qui se mêle pas de ses affaires pis qui se prend pour Dieu le Père.

- Qu'est-ce tu fais là, câlice ! que je lui gueule, dans l'espoir qu'y débarque ses deux cent cinquante livres de ma colonne vertébrale.

Il me lâche pis y se recule en reconcentrant sur le champ son regard vers miss ballet-cochonne 2019. Je lui lâche un ouack pour qui me regarde pis qu'y comprenne que je veux sortir d'ici au plus câlice.

- S'cuse moé, *man,* j'suis juste content l'gros. On a fait une bonne job, hein, Gerry ?

- Ben… c'est quand même moi qui a tué les deux gars, Pat, *but okay*, on a fait une bonne job, hahaha ! Mais y faut sacrer le camp, le boss de la place me cherche pour que j'aille jaser sur le *stage* de mes prouesses d'assassin je pense, pis ça me tente câlissement pas. T'as pas entendu le *speech* qu'y vient de faire au micro ?

- Euh… Non, Gerry. *Sorry*, *man.* Je parlais avec elle là… cé quoi déjà ton nom, *big ?*

Miss ballet le regarde avec un mélange de désir et de passion. Sauf que ce regard-là est démontré avec des *shotguns* chargés.

- Je m'appelle OPHÉLIE, Pat, t'es bouché ou quoi ? Je te l'ai répété plusieurs fois déjà, tu fais exprès ou t'es juste con ?

Là, j'me suis dit, voyons crisse de folle, les nerfs câlice. T'es donc ben bête ! J'ai quand eu un petit peu peur que Pat la tue avec la face qu'y lui faisait, mais il l'a attaqué comme seul lui peut le faire.

- Va donc chier Ofmélie, *man* ! Les nerfs tabarnac de câlice, y'est dur à r'tenir ton nom, ciboire ! Faque camme-toé crisse de folle.
- Hahaha ! Woah, j'ai compris que dalle de ce que t'as dit mais j'm'en fou ! Ce que t'es sexy, mon chou. J'aime les hommes qui ne se laissent pas bouffer la laine sur le dos. J'ai vraiment senti la haine dans ta réplique même si c'était complètement incompréhensible. Quel culot ! T'as envie de sortir ce soir ?

Qu'est-ce qui se passe, hostie ?

Pat me regarde comme si y me demandait la permission. Comme j'ai juste froncé les sourcils avec une face d'incompréhension, y'a pris ça pour un oui j'imagine, parce qu'y s'est reviré vers Ophélie tout heureux.

- Certain, *man !* Euh... S'cuse-moé. Off...
- Haha ! C'est Ophélie. T'as les trois premières lettres mon enfoiré, tu vas y arriver. Et n'oublie pas, c'est "Oph" pas "Of ou Off".
- Ouin okay, j'va essayer mais j'te garantit rien *big.* Crisse c'est vrai Gerry m'a dit d'arrêter de dire ça aux pl... *chicks.* Offilie ?
- Presque ! O "phé" lie.

- Offélie ! Haha ! Woohoo, câlice, hein ? Je l'ai eu tabarnac, Gerry, t'as-tu vu ça ? Pis j'ai une *date* avec c'te plotte là en plus. Crisse de bonne journée, ça.

Ophélie a levé un sourcil d'incompréhension comme un virage en "s" au superbe qualificatif "plotte".

Mais pour vrai là, y'a tu quelqu'un qui va me dire ce qui se passe ? Je peux pas dire que ça clique pas entre ces deux phénomènes là en tout cas. Moyenne hostie de folle c'te câlice-là.

Faque je l'ai laissé avec sa crinquée pis je lui ai dit de venir me rejoindre à l'hôtel quand y'aura fini de faire ses affaires avec elle. Inquiétez-vous pas, je me suis assuré qu'y connaisse le chemin pour revenir, je suis un bon papa pour mon grand tarla. Je lui ai même suggéré de prendre mon cell, qu'y avait un téléphone dans la chambre mais y m'a dit de décâlisser. C'est ça que j'ai fait hostie, pis vite parce que le patron du bar s'en venait vers moi.

À la seconde où je passe la porte, Pat me gueule :

- Prends Romy, *man !*

Ça me fait sourire parce qu'y a raison, je pense.

Check ben ça, j'vais être soit mort, soit amputé de quelque chose demain matin en me réveillant.

13.   Un choix de marde ?
J'pense pas, non

En mettant les pieds dehors, je texte Romy, pour voir si elle m'attend encore tsé, un fou d'une poche. J'en *shake,* pis c'est pas juste à cause du grattage de bite là, c'est ce qu'à dégage, hostie de câlice. Les genoux me plient quand elle est proche de moi. Je la convoite comme un objet interdit, tiens.

Pas pire, hein ? Tsé le gars essaye d'améliorer son langage au moins saint-ciboire.

J'ai même pas le temps de traverser la rue pour aller me chercher un *Starbucks* avant de rentrer à l'hôtel qu'elle me répond d'un bonhomme avec un clin d'œil. Faque je suppose que c'est une surprise. Ben j'imagine qu'elle m'attend encore calvaire, sinon pourquoi elle me ferait un hostie de clin d'œil ? Crisse de technologie de câlice !

Je trouve tout de suite le nom d'Arya dans mon téléphone pis je lui envoie aussi un message. Pratique ces affaires là quand t'haïs ça que l'câlice parler au téléphone. Je veux connaitre ses plans, j'ai comme pas envie qu'à retontisse dans ma chambre d'hôtel si je suis là avec Romy.

Qui te dit qu'Arya serait déçue de te voir avec cette bombe rousse là ? Qui te dit qu'elle ne se joindrait pas ?

Je vais avouer que ma bite a raison. Mais je peux pas. Pas si je veux essayer de trouver un semblant de vie. J'ai pas envie de tuer du monde pour l'éternité, c'est ben le *fun* se prendre pour *James Bond,* mais crisse... Quoique ça paye en sale... En tout cas, vous comprenez ce que je veux dire. Pis peut-être que c'est vrai que le choix logique et sécuritaire serait de tenter ma chance avec madame la police *big shot,* mais ciboire, l'avez-vous regardé, Romy ? Ah, non c'est vrai... Hahaha ! Ben, elle ressemble un peu à l'actrice Isla Fisher, mais les cheveux plus longs pis les lèvres un peu plus charnues. Mais en dix fois plus *hot.* Pis c'est vrai qu'Arya sent le *Campino,* mais Romy elle, sent le *fucking* sexe, elle sent... le vagin frais parfumé au patchouli et à la myrrhe, hostie. Elle sent le jus du désir.

Arya me répond aussi vite :

- J'ai encore du boulot. Rentre si tu veux, j'irai te rejoindre cette nuit.

Pas de clin d'œil, pas de becs ni de mots déplacés à connotation sexuelle. J'ai le champ libre bout d'crisse. Là, faut que j'invente quelque chose pour PAS qu'elle vienne faire interrompre ma séance de… de… bah, comme Pat dit : fourrer, hostie. Pis je veux la respirer aussi, tout partout. Je veux l'embrasser sur chaque millimètre d'espace sur sa peau magiquement satinée.

Ben voyons câlice, elle m'a vraiment ensorcelé la putain de witch ! Haha…

Je cherche encore quoi dire quand je passe ma commande au gars ultra pas sympathique du café de renommée. Pas de clin d'œil, pas de becs, pas… Oups, c'est la convo avec Arya, ça, lui, c'est le commis face de cul du *Starbucks*. Bon, faque pas de sourire, pas de merci, pas d'au revoir, faque pas de tip pis pas de je me retiens de l'envoyer chier.

- Va donc chier hostie de face de marde du câlice.

Je sais même pas si y'a seulement entendu mon insulte mais y retourne à son écran de téléphone un nanoseconde après mon départ du comptoir. M'en câlice, moi ça m'a fait du bien d'y dire.

J'essaye de me donner du courage pis je réponds à Arya que je vais passer la nuit dans les bars, qu'on se verraient quelque part demain dans la journée. Je tremble encore pis je sais pas pourquoi.

J'arrive enfin devant mon hôtel, débarque du char en souhaitant que ça se passe correct du côté de Pat, qu'y est pas en train d'en tuer un ou de faire le zouave à quelque part de louche avec sa *fuckée* dans tête, pis j'ouvre la porte du lobby.

J'ai eu une *draft* de luxure olfactive. Romy est assise au fond, les jambes croisées en lisant un hostie de magazine plate de bonne-femme. Mon cœur manque un battement, j'ai la gorge sèche pis je sue de partout, même des jointures. Mon pénis me hurle quelque chose en égyptien.

J'entends l'employé de l'hôtel en arrière de moi qui marmonne quelque chose comme : "putain de veinard de merde". À ça je répond : *je l'sais,* hostie, mais dans ma tête, en imitant la voix de *Bob Binette*, un de mes héros depuis le secondaire. Ben, Ghislain Taschereau le héros là, pas Bob, les nerfs.

En même temps que Romy dépose son magazine de façon suave et érotique en me regardant, mon crisse de cellulaire sonne. Je l'avais pas éteint c't'enfant de chienne là. Mais je m'en crisse, pis *anyway,* je peux rien faire, je peux pas répondre, je peux pas bouger, hostie. C'est comme si elle m'avait lancé un sort pour coller mes godasses au plancher. Mes bras sont immobiles le long de mon corps. Je peux juste baver pis la regarder m'envoûter. Ses cheveux couleur de feu volent dans le vent, mais on est dans le lobby, hostie.

Elle se lève de son siège, doucement, ma graine, très rapidement. Elle a rien, ben j'veux dire pas de sac à main, de porte document, pas de valise, hostie. Rien. Juste une robe. Mais ça va au-delà de la compréhension. Une robe de couleur identique à ses cheveux orange brulée, moulée sur ses seins pis ses hanches, c'est à en tomber en pleine face. Sa chevelure lui caresse la poitrine. Je peux la sentir d'ici, son odeur enivrante.

- Putain de meeerde, que le réceptionniste d'hôtel lance, super fort, en la voyant s'avancer vers moi.

Je peux pas m'empêcher de sourire pis j'essaie de faire un pas en avant parce que j'en peux plus d'être loin, mais je suis encore sous le charme calvaire, je peux pas bouger pantoute. C'est *freakant* un peu je trouve, là. Mais elle prend son temps pour arriver, elle fait durer le plaisir. Moi, j'vais exploser, pis ma bite pousse sur ma braguette pour sortir sa tête de gland.

L'employé de l'hôtel s'en mêle encore :

- Allez mec, vas-y qu'est-ce que t'attend, connard ? Si c'était moi à ta…

Le commis se pique une plonge derrière son comptoir pis y se cogne le menton. *Knock out.* Je retourne ma tête devant moi après son commentaire de jambon pis paf, Romy est à un *fucking* pouce de mon visage.

- Euh… Comment t'as fait pour te déplacer si v…

Elle a placé son index sur ma bouche pour me fermer la trappe, je peux sentir toutes les odeurs qu'elle dégage, ressentir la tension qui règne. J'ai l'impression que le plafond m'écrase sous son poids.

Le réceptionniste se réveille de son dodo pis en rajoute au moment où sa tête sort de derrière la caisse enregistreuse.

- J'en crois pas mes putains d'yeux, bordel ! Qui est cette créature et qu'est-ce qu'elle fout avec ce glandeur de première ? qu'y *shoot* avec son bleu sur le menton.

Je fais semblant de pas l'avoir entendu pis j'me laisse transporter par l'ambiance euphorique que seule la présence de Romy dégage.

Elle colle son nez au mien pis elle m'embrasse, tout doucement au début, plus avidement dix secondes plus tard. Le ciment se liquéfie en dessous de mes souliers, j'peux enfin bouger mes pieds mais ça me tente pas ben ben maintenant. Je place une main dans son cou pis une sur sa hanche moulée. Je peux presque ressentir la douceur de sa peau au travers de sa robe tant elle est mince, comme un voile.

- Gloire à Dieu, putain ! gueule le français qui regarde partout après avoir crié au risque de se faire donner de la marde par son boss. Mais y'est très tard, pis y'a personne dans le lobby à part lui.

Ben y'a Romy pis moi mais on est pas vraiment là, on est dans une autre dimension, celle de la passion, bout d'crisse. Je vois rien autour de nous, même si mes yeux sont grands ouverts, je vois juste la bombe rousse qui se donne à moi, câlice, j'en reviens pas encore. Mon pénis est pas surpris qu'y me dit. Lui, y croyait plus en mes chances que moi ç'a l'air. Merci mon pote.

Je fais une tentative de lui dire qu'on devrait peut-être monter dans ma chambre, c'est moins… accessible pour les spectateurs mettons. En me dégageant d'elle à contre-cœur, j'ouvre la bouche pour y faire part de ma suggestion sensée mais ça se passe pas comme j'avais prévu, pis on se met à *spinner* sur place aussi vite qu'une toupie dans un maelstrom de couleurs pastels *weirds* pis on apparaît dans ma chambre, elle sur ses deux jambes, moi su'l cul.

- *What the fuck* hostie de câlice de tabarnac, Romy !? T'es pas humaine certain, hostie, ou ben t'as vendue ton âme au diable pour avoir le don de te téléporter !

Je suis surpris en crisse, c'est sûr. Mais j'en suis pas moins encore bandé comme un cheval.

- Hahaha ! Surprise !! Tout ce que je sais, Gérald, c'est que j'ai ce don depuis mon enfance. Mes parents m'en ont parlé quand j'avais à peu près douze ans. C'était en grande partie pour me protéger que je m'en servais. Personne ne connaît ce détail de moi à part mes vieux et maintenant, toi.

- Mais c'est… phénoménal hostie de câlice ! Ç'a pas de sens ! Pis tu m'as laissé prendre une *ride* ? T'es malade ! Hahaha !
- Ouin, c'est vrai que c'est pas mal *cool*, haha !

Dieu du ciel du saint-tabarnac, est encore plus belle pis désirable quand elle sourit.

- Je suis curieux, mais… t'en est tu servi ? J'veux dire pour faire quelque chose de pas trop trop légal, mettons ?

Je reçois un texto d'Arya qui me dit qu'elle est dans le lobby pis qu'elle monte.

- Et si tu la fermais, que tu te déshabillais et que tu embarquais sur le lit ? Comme *fucking* là là, comme tu dis ? Haha ! qu'elle me garoche, comme une crisse de nymphomane.

Vous pouvez pas imaginer ce qui se passe. Ben, oui, peut-être un peu mais je suis vraiment dans la solide hostie de marde là.
Je fais quoi là, tabarnac !? Je la laisse cogner jusqu'à ce qu'elle s'écœure ? Je lui réponds que je suis sur le party dans un bar mais que je suis trop saoul pour savoir c'est où…. Oh, pas pire

ça… mais faut que je sois avec Pat, sinon c'est louche.

- Euh, je m'excuse en crisse, Romy, je vais juste répondre à quelqu'un avant qu'y se pointe la face ici, hehe… Mais regarde, j'me déshabille pareil là !

Mon érection est tellement solide que j'ai de la misère à enlever mes jeans, un peu comme un bandage de pisse que t'essaye de *dealer* avec quand t'as quinze ans. C'est *tough* en sale pisser avec ça. Tu peux pas évacuer assis, parce qu'à tape en dessous du couvert, (riez pas hostie, vous essayerez ça vous autres rentrer un pénis en érection en dessous d'un couvercle de toilette…) ça revole à terre quand même, pis debout, faut que tu te pèses sua graine pour crisser la dite pisse dans l'bol, sinon, tu pisses sur la *fucking tank* pis sur le mur faque ça revole partout pareil.

- Ça ne me dérange pas du tout, Gérald, mais quand t'as fini avec, tu le lances à l'autre bout de la pièce et je veux pas le revoir avant demain matin.

Wow. Oui, madame.

- Haha... avec grand plaisir, c'est juste... Pat qui veut savoir ce que je fais...

Hostie de menteur de câlice...

- Je crois plutôt que c'est Arya.

Fuuuck...

- T'inquiète, je sais.
- Tu sais ? Qu'est-ce que tu sais, Romy ?
- Je sais qu'Arya a quelque chose pour toi. Je l'ai vu à la tour. T'étais mal à l'aise en tabarouette. Et puis honnêtement, je suis allée te voir quelquefois, je sais bien que tu ne l'aime pas, t'aurais juste voulu coucher avec elle. T'es un obsédé, c'est pas ta faute, et puis moi je compte en profiter, t'auras pas besoin d'aller voir ailleurs, crois-moi. Je me suis servi de ma... mon habileté. Je ne t'ai jamais menti, Gérald, juste au *resort* lorsque je me suis sentie trahie. Mais c'est loin tout ça déjà, on peut enfin vivre et oublier le passé. Tu peux même continuer à travailler pour le FBI avec elle même si je ne lui fais pas confiance, oui je sais ça aussi, et ça ne

me dérange pas du tout. Sois juste honnête avec moi, si t'es toujours certain de tes sentiments pour moi.

Crisse oui…

- Crisse oui, hahaha !

Je finis mon texto, je viens pour lancer le cell au bout de mes bras pis y se met à sonner sa vie. Je regarde c'est qui, c'est Arya, hostie de câlice ! Romy me regarde pis me demande qui c'est ? Je lui dis, je reste honnête. Elle rit pis elle me dit de répondre. Je suis à poil sur un lit avec l'ange rousse qui avance vers moi tel un crisse de félin, pis y faut que je réponde au téléphone ? Mais ça fait genre vingt coups que ça sonne, est patiente madame la police !

- Salut Arya, ça va ? Je suis saoul en ciboire.
- Ouais, je suis contente de t'avoir ! Je croyais pas que tu me répondrais en plein club. T'es sorti ? Tu pars pour l'hôtel ?

Fuck, j'avais oublié l'employé du lobby, si elle lui demande, y va tu me backer pis fermer sa yeule ?

Romy est juste devant moi. Elle se déshabille très lentement. C'est vraiment difficile de se concentrer sur la personne au bout du fil, hostie.

Pas de brassière sous sa robe, elle la descend par le haut, juste avec ses pouces, libérant sa délicieuse poitrine. Des seins parfaits, pas refaits, pas trop gros, pas trop petits, juste miam. Son odeur corporelle me remplit les narines, ma bite jappe sa vie.

- Gérald ? Ça va ? Qu'est-ce que tu fous, bordel ?

Je suis pas capable de lui répondre, je suis hypnotisé par le corps de Romy, ses cheveux, son essence… Bon, ça va faire là "*Fifty Shades of* reviens en de ta greluche".

Comme je viens pour dire à Arya que j'ai pu de batterie, Romy place sa main en dessous de ma poche pis elle se met à me jongler les gosses tout doucement. Tout ce qu'elle dégage me transforme en loque humaine. Je suis plus capable de penser, plus capable de m'intéresser à rien de mon entourage, plus rien n'existe à part le moment présent avec elle.

Bon, vous allez me dire que c'est normal, blablabla, parce qu'elle me tient par les *cojones,* mais c'est magnétique. C'est pas des papillons que j'ai dans l'estomac, c'est des *fucking* chauves-souris.

- Ahhhh… Euh, ça… va…
- Tu fais quoi là ?

Romy prend ma bite qui est maintenant aussi dure que le roc, pis se la met dans la bouche, au complet, en se contre-câlissant ben que je sois au téléphone avec une fille avec qui je voulais coucher pas plus tôt que v'là quelques heures.

C'est magique.

- Euh… j… suis… encore… bar. J… e ta… elle… emaiiin. Ahhhh !!

Pis je raccroche parce que les prochains sons à sortir de ma gorge vont être ben plus *rough* à entendre pour ses oreilles. Je garroche finalement le câlice de cell dans le coin de la chambre. Je décroche complètement, pis je me la farcie comme une dinde de Noël, sainte-hostie de ciboire ! Hahaha ! Mais je la garde après là, c'est pas l'genre de poule que tu te débarrasses après l'avoir fourrée... Ohhh...

14.   À Toronto ? Ark...

J'imagine que vous doutiez pas que je passerais toute une nuit. Je suis sur un nuage. Je sens le sexe. Romy dort paisiblement, collée sur moi. Elle aussi sent le sexe. Le lit, les draps, les cellulaires pour faire des vidéos… ben non, j'ai pas fait ça, je suis pas un sale. Pis Romy à poil, ben c'est juste pour moi, que j'en vois un lui pogner une pomme de fesse, ou même la regarder de travers, j'le tue.

Ma bite a survécu. De tout bord tout côté. En haut en bas, à gauche à droite, *twist and shout,* tabarnac. Romy a même fait des pets de noune quand on a fini. Ça doit être pour décompresser j'imagine, haha ! On est vidés, dans tous les sens du terme. Elle m'a fait des choses… que probablement personne n'a jamais expérimenté. Les trucs qu'elle peut faire avec sa bouche. Bon… encore une érection, qu'elle surprise, hostie.

Ça cogne à ma porte, ciboire. Y'est sept heures et quart hostie de calvaire !

- Gerryyyy ! Hey, *man,* ouvre-moé ! C'est Pat ! Je veux te dire comment s'est dégotée ma soirée d'hier avec la p'tite plotte... Ofmilié ?... En tk, *whatever* câlice, hahaha !

Câlice de tabarnac ! *Fuck off* Pat, y'est trop de bonne heure. Pis Romy s'est ouvert les yeux pis elle me regarde avec un sourire coquin. Dieu d'hostie...

- Réponds-lui, Gérald, laisse-le entrer, on ira déjeuner après si tu veux, qu'elle me lance en souriant.

Coudonc hostie... c'est vraiment un ange cette fille là...

- Salut l'gros, attends, j'm'en viens. Je vais juste me mettre une paire de boxers.

Évidemment, y gueule avant même que j'ouvre.

- Oooo ! Haha ! T'étais tout nu mon gros cochon de crisse ! C'est Romy, hein, *man ?*

J'entends la belle rousse qui rit en dessous des couvertes. Je la regarde me regarder avant d'ouvrir. Ça me tente pas de voir Pat tout de suite, hostie. Je veux baiser Romy à matin aussi. Pis cet après-midi, pis ce soir, pis… héhé, câlice. Mais je lui ouvre quand même la crisse de porte, pis même à sept heures le matin, j'ai une *draft* de weed en pleine face. Le grand mongol a un bat au bout des lèvres, trois cafés Starbucks dans un plateau, pis y me sert son plus beau sourire de tarla d'hostie.

Hostie que je l'aime ce grand ciboire-là.

- Salut Gerry ! qui me lance, le joint dans yeule, les yeux plissés par la boucane qui lui monte dedans. Je peux-tu rentrer, *man ?* Ta cocotte est tu…

À la seconde où mon grand tarla a fini sa phrase par le mot cocotte est-tu, y'a reçu en pleine face un des souliers à talon, de l'autre bout de la chambre, par une sublime rousse qu'y a rien d'une spécialiste du lancer. Mais elle a un *superpower* par exemple, héhé.

Paclac !!

- Ayoye !! Crisse de f…
- Pat, ta yeule. Entre donc là, pis fais pas de commentaires de tata si tu veux pas que Romy te crisse une volée.

Pat, c'est un *fucking* monstre *anyway*. Ça lui a pas fait plus mal qu'une claque dans face. Y'a le physique de *Shrek,* mais musclé, pis pas vert, pis pas chauve. Je déconne, je l'ai déjà dit quelque part que c'était un beau bonhomme, je le pense encore. Pis y pognerait ben plus, pis des filles de meilleure… non, je dirai pas qualité, ça fait pièce de viande, haha… Mettons, des *chicks* cultivées et souriantes, celles qui aiment la vie. Pas des touts-croches pas d'avenir, pas de buts ni de rêves, pis pas de sujets de conversation, qui se laissent dépérir. Pis pas de *pinch,* ni de barbe non plus, si je veux une chèvre, ben je vais m'en dégoter une à quelque part.

Je me retourne pour voir si Romy est vraiment prête à accueillir ce spécimen là à cette heure-là le matin, sans avoir pris de café, pis sans avoir profité d'elle pis de ses attributs. Elle rit pis elle gueule au travers de la pièce à Pat qu'y peut entrer.

- Merci, Romy, *man.* C'est moé qu'y a dit à Gerry de te prendre, *chief.* Qu'y laisse faire l'autre folle de madame police. J'sortirais pas avec une plotte police moé en tk, *big.*

Y vient de dire man, chief pis big à cette bombe rousse là. On voit ben qu'y a de l'amélioration à apporter, hein ? Haha !

- Câlice Pat…
- Quoi ? Kessé qu'y a, Gerry ?
- Rien. T'as-tu passé la soirée avec miss ballet finalement ?

Je remonte dans le lit, me crisse sous les draps, pis je me colle sur Romy. Elle a remonté son oreiller pour pouvoir regarder mon grand ciboire de mongol. Lui, y s'assit sur le lit au lieu de choisir le fauteuil en parfait état à côté de la commode. Y nous tend les cafés tout en tirant une pof sur son bat. C'est très… terreux comme odeur le matin quand tu te réveilles.

- Vous voulez vraiment que j'vous conte ça ? C'est *wild* ma soirée, *man.*
- Ben, euh, peut-être pas toute là, pas envie que tu restes ici toute la matinée non plus mon grand tabarnac.
- Pourquoi ? Ah ! Tu veux la fourrer encore, hein ? T'en as pas eu assez ? Ça sent la nuit endimanchée icitte, Gerry. Mais t'as pas le temps parce que l'autre là, Aryâ, va surement retontir ou appeler bientôt, *man.*
- M'en sacre, Pat. Je répondrai quand je serais prêt.
- Quand t'auras fini de peloter Romy tu veux dire, l'gros.
- Aussi... Hahaha !

Romy part à rire pis me pogne le bat en dessous des couvertes.

Fais pas ça devant lui saint-ciboire de tabarnac !

- J'comprends ça *man,* tsé, j'suis pas né à Rome, câlice !
- Haha ! Ce que t'es drôle, Pat !

La belle rousse se fout de sa gueule en riant de ses destructions d'expressions.

- Merci *man,* Romy, c'est gentil. En tk, pour faire *short,* en sortant du Moulin Rouge, on est allé prendre un verre dans une disconnecte pas trop loin. Elle a vu du monde qu'à connaissait, à la crissé son camp pendant une quinzaine de minutes. J'me suis battu avec trois *dudes* qui m'ont dit qu'y m'aimaient pas à face, j'l'ai ai *knockés* toué trois, *man.* Une coupe de coups de pieds, une coupe de baffes pis y'ont câlissé leu camp. Est revenue avec à peu près cent huit joints, pis j'en ai pris la moitié.
- Okay, *nice,* fastoche.
- J'ai pas fini, *man.* On est allé finir la soirée chez Off... elle là, pis on a fourré comme des crisses de porcs. L'gros, ça sentait le bacon quand j'l'ai lâché. À un manné, est su moé, à malimouchon...
- Califourchon.
- Ta yeule, Gerry, à califourchon, t'in esti, pis j'la plante comme un malade, ma graine-rentre-sort-rentre-sort ben intense pis *splotch* tabarnac ! Ma queue a glissé su sa plotte pis à y'a rentré dans l'cul, *man !* T'aurais dû entendre

le cri de mort qu'y est sorti de sa bouche, hahahahahaha !!! Après…
- C'est bon, Pat, on a une petite idée. Grosse soirée, haha.

Romy se pisse presque dessus. Elle monte la douillette par-dessus sa bouche pour pas rire carrément dans sa face.

Après le visuel de mon chum, je lui ai gentiment demandé de sacrer son camp, que j'irais le rejoindre plus tard. Il se lève en marmonnant de me grouiller le cul mais y s'arrête sur le bord de la porte.

- En passant Romy, t'es aussi belle le matin que le soir, *man.*

Pis y sort de la chambre en chantant *Wish you were here* de Pink Floyd, mais à sa façon, avec des paroles que lui seul peut comprendre ou interpréter.

- Comment ne pas l'aimer ce gars-là !? Haha ! Il est trop chou. Et hilarant !
- J'te l'fait pas dire. C'est un grand tarla mais y'est attachant. C'est comme mon frère

aujourd'hui je t'avouerais, ma belle rousse. Je le veux pas trop loin de moi, y'est un peu lourdaud, pis je veux pas que quelqu'un profite de lui.

- Oh ! Il est protecteur de ses amis en plus, monsieur Gérald. Va-tu me protéger moi aussi si jamais je suis en détresse ?

Elle descend la douillette sur sa poitrine tout doucement en même temps qu'elle tente de m'amadouer. C'est sûr que ça marche. Je fais un grognement de bête sauvage pis je lui saute dessus comme un zombie veut sa part de viande.

*

Mon téléphone sonne à exactement neuf heures. Pile câlice de poil d'hostie. C'est… Arya, vous avez deviné, bravooo ! Haha ! Y'avait aucun suspense calvaire, tout le monde le savait. On dormait encore. Romy avait moulé son postérieur de l'eden sur mon bas ventre, j'avais ses cheveux dans face, pis une main sur une boule. Toute chaude. Pis douce comme de la soie un matin frais. Ta yeule Émile Nelligan. J'avais pas le goût de bouger, mais si je répondais pas, elle viendrait cogner câlice, crissement pas mieux. L'appel a réveillé Romy qui s'est levée du lit, nue comme *Wonder Woman* sans son *suit,* tout chaud pour aller faire un pipi. Je réponds pas encore parce que je suis occupé à regarder ses fesses rebondir pendant qu'elle se rend aux toilettes.

- Salut, Arya. T'es matinale.
- Un peu, ouais. Bien dormi sans moi ?
- Euh… Ben oui, c'est confo.
- T'es bizarre, est-ce que ça va, Gérald ?
- Certain ! Tu m'as réveillé, Arya, donne-moi deux secondes pour faire un focus, hostie.
- Ah, je suis désolée. Alors, t'es prêt pour un autre contrat ? Demain et mercredi, vous êtes en congé. Je passe te prendre dans vingt minutes, Pat est avec toi ?
- Vingt minutes ?! Crisse, je peux-tu prendre une douche pis aller déjeuner, les nerfs câlice ! Pis non Pat est pas là, y'est sorti j'sais pas où.

Romy qui me regarde p/ter une coche après Arya pis qui me rit dans le visage.

- Vingt minutes sinon je défonce ta putain de porte à coups de pieds. Allez, à bientôt.

Ciboire de crisse, même pas le temps d'abuser de son corps un peu.

- Bon ben, ça l'air que l'autre passe me chercher dans vingt minutes pis qu'elle a un autre contrat pour moi. Ça me fait chier en hostie de te laisser de même super vite pis complètement à poil en plus, calvaire d'hostie. Je m'excuse, Romy. Mais je veux te voir à la seconde que j'ai fini ce que j'ai à faire pour gagner ma vie temporairement.
- Je ne t'en veux pas du tout, Gérald, arrête de t'excuser. Je savais ce que tu faisais pour t'en sortir, je voulais pas être dans tes jambes mais là je crois que je vais m'en mêler et si ça tourne mal, je vais demander l'aide de Reinhold. Et puis je serai ici dans la chambre à ton retour mon beau Gérald, j'ai seulement quelques emplettes à faire tantôt mais je serai pas parti longtemps. Et merci pour la soirée ainsi que la nuit endiablée que tu m'as fait vivre.

Câââliiiice… C'est à toi que revient le mérite de notre nuit de sexe euphoriquement parfaite, t'es une hostie de déesse, Romy.

- Haha… euh, mer… c'est…

Aussi ben lui dégueuler dans face, hein ? Dans ma tête, c'est tout le temps facile de gérer convenablement la réaction à laquelle je fais face. Pis j'ai pas reçu ça souvent des compliments, faque je sais pas trop comment réagir quand quelqu'un m'en sert un, encore moins venant d'une nymphette comme Romy, câlice de tabarnac !

Elle rit pis elle m'embrasse comme une agace en me poussant vers la douche. Je cède à contre-cœur pis je me rends aux chiottes pour aller me décrotter. Cinq minutes après avoir embarqué dans le bain, j'entends Romy ouvrir la porte. Je souhaite mentalement qu'à s'en vient pas se couler un bronze, je ris tout seul de ma *joke* pis le rideau s'ouvre sur la Vénus des poules.

- Je peux entrer avec toi, Gérald ?
- Euh, non, haha. Crisse que non, parce que j'ai pas le temps de jouer avec toi, faque *tease* moi pas, l'ange rousse.
- S'il te plait, Gérald, tu pourras continuer de te savonner le reste, je ne te dérangerai pas, je vais seulement me concentrer sur une partie de

ton anatomie, je veux juste te faire une fellation avant que tu partes, as-tu une objection ?

Non ! Eh crisse que non, hahaha !

- Absolument pas. Héhé…
Pas capable de faire autre chose que sourire comme un cave.

Évidemment que je la laisse entrer, faudrait vraiment être un solide hostie de plouc du tabarnac pour refuser une telle offre. Je recule pour la laisser passer mais elle fait juste s'agenouiller pour accomplir sa mission. La mienne, c'est de pas crisser le camp dans le bain pis me fendre le crâne parce que je suis extase comme un vedge du câlice.

Je pourrais mourir après ça pis je serais peut-être correct avec ça… Nah, j'ai Romy maintenant, haha !

J'ai fini de me laver, ç'a pas été facile, je *drop* la moumouffe dans le bain derrière moi, je mets mes mains dans ses cheveux, c'est chaud, c'est… j'essaie de la repousser parce que je vais lui venir dans bouche mais elle garde la position en me retenant par les fesses. C'est trop pour moi ! C'est trop pour moi ! Faque je décharge intensément dans sa gueule divine. Les genoux me *shakent*. Dans ma tête, je suis à quelque part entre Tokyo pis Bangkok. Perdu raide.

Elle avale ma semence pis elle rit en sortant du bain. Avant de quitter la salle de bain, elle me *pitch* :

- Fais attention avec Arya, Gérald, elle me *trust* pas mais moi non plus je la *trust* pas. J'ai juste peur que quand elle en aura terminé avec vous deux, qu'elle vous foutra en prison. Je deviendrais folle. Je crois que je la tuerais.
- Ahhh... c'est tout ce que je réussis à blablater comme réponse.

Je suis encore en train de baver de bonheur quand elle referme enfin la crisse de porte. Mais j'ai quand même entendu ce qu'elle a dit, je suis juste pas capable d'y répondre. Faut que je sorte de là, ça doit faire quinze minutes que j'suis là-dedans pis j'ai vraiment pas envie qu'Arya débarque dans chambre. Je veux pas qu'elle sache ce qui se passe avec l'ange rousse, je perdrais sa confiance. Mais y va falloir que je trouve une façon de l'éloigner de moi, pas question que je couche avec, hahaha ! Hostie non ! Si seulement elle était restée accrochée après Pat, hostie…

Ça coute rien d'essayer de les matcher encore, pouah haha ! Ben quoi ? Je suis certain qu'y a veut, y'ose rien dire parce qu'y sait qu'à me veut, moi. Je sais aussi que ça le fait chier le pauvre bougre.

Je m'habille en vitesse pendant que Romy me regarde comme si elle se magasinait une nouvelle paire de souliers à talons. Pat rappelle pendant que je me brosse les dents faque Romy répond à ma place.

- Il est prêt, Pat, il descend dans une petite minute.

Pis elle raccroche.

- Pat est en bas dans le lobby. Il fait dire qu'Arya débarque d'une Mercedes et passe la porte de l'hôtel à l'instant. Sauf qu'il a dit Aryâ, avec un accent circonflexe, haha ! Tu ferais mieux de te dépêcher si tu veux pas qu'elle nous surprenne.

Je lui fais un sourire plein de déception parce qu'y faut que je la laisse seule, je l'embrasse et je sors à reculons.

Arya sort de l'ascenseur en même temps que je ferme la porte de la chambre.

- Attends ! Je dois t'emprunter tes toilettes ! Tu me laisses y aller ?
- Ben… Euh…

J'ai pas le choix de lui dire que j'ai pas passé la nuit seul, hostie de câlice. Faque j'invente une greluche random.

- C'est que j'ai pas passé la nuit tout seul pis la fille est encore dans mon lit. Tu peux pisser en bas, y'a des toilettes dans le lobby.
- T'es sérieux là ? Qui c'est ? Je la connais ?
- Haha ! Je pense pas non, c'est juste une fille que j'ai rencontré hier soir en faisant le *party*. Elle dort encore, pis elle va foutre le camp quand elle se réveillera, c'était convenu comme ça déjà avant qu'on s'endorme cette nuit.

Oh shit, hein ? ... Pas pire menterie, pis facilement inventée en plus... je m'en viens bon en tabarnac.

Arya hésite, cherche quelque chose pour me mettre dans marde, ça paraît. Faque j'en rajoute.

- Pis de toute façon, pourquoi t'agis comme si je t'avais trompée ? On est pas ensemble pantoute, Arya.

Elle me fait des gros yeux surpris. Je pense qu'elle pensait que j'étais bandé dessus pis que je ferais rien tant que j'aurais pas couché avec elle. Ben, oui j'étais bandé dessus, je le suis encore, c'est pas parce que je baise avec un ange, qu'Arya devient une marde, hostie. Arya change pas, elle reste ultra-baisable, mais pas avec moi.

Crisse, c'est moi qui dis ça...

Elle plie pis se dirige vers l'ascenseur en me marmonnant une insulte.

- Qu'est ce t'as dit, Arya ? T'es fâchée juste pour ça ?
- Mais non, c'est pas ça, c'est que tu m'avais dit que tu voulais rester seul, qu'il serait trop tard, blablabla... Bref, j'aurais quand même aimé passer la nuit avec toi au lieu de cette conne. Et comment elle s'appelle d'abord ?

Faut pas que je prenne une seconde d'hésitation, faque j'y vais *safe,* même si j'ai l'air d'un hostie de trou de cul.

- Honnêtement, Arya ? Je sais pas, hahaha !
- Connard !

La vraie question à se poser est : si jamais elle me fait des avances, mais tsé des solides là, le genre de proposition sexuelle physique que tu peux pas refuser, genre celle que Romy m'a fait en me grattant la bite de ses ongles au travers de ma paire de jeans. Je pense pas pouvoir y dire, non ma cocotte, je suis déjà amoureux de quelqu'un d'autre...

Amoureux ? Ouin, peut-être ben plus que je le pense, hostie. Elle m'obsède en crisse, l'ange rousse.

Pis en plus, je crois qu'elle a d'autres pouvoirs, c'est pas juste la téléportation, câlice. Hier, quand j'étais dans le lobby de l'hôtel avec elle, à m'a ensorcelé, ou quelque chose de même. Ou un genre de *mind control* du tabarnac, je sais pas mais je capotais à un moment donné, même si j'étais bandé comme un prisonnier qui retrouve sa femme après trois ans à se la faire mettre dans le cul.

Je vois mon grand crisse de mongol à la seconde où les portes ouvrent. Y me sert un grand sourire de mange-marde.

- Salut *man.* Ça va l'gros ? T'as l'air teigne, Gerry.
- Salut, Pat, allez les mecs, faut pas trainer.
- On s'en va où *man,* Arya, c'te fois citte ? J'espère que c't'une belle place chaude avec ben d'la plotte toute aussi chaude.
- Merde, ce que tu sais parler aux femmes toi, on part pour Toronto les mecs, ça vous plait ?
- Ark hostie ! T'es sérieuse, câlice ? Crisse, c'est de l'autre bord de l'atlantique Arya, tabarnac, on sera pas revenu à Paris avant un hostie de boutte !

- Check l'autre qui parle de moé qui sacre trop, t'es aussi pire que moé Gerry, *man,* haha ! Faque *fuck you* avec tes rapproches.
- Et pourquoi tu voudrais retourner à Paris, Gérald ? T'as oublié quelque chose ?
- Ouin, *man,* Gerry, kesse t'as oublié là-bas l'gros ?

Ciboire, Pat, ta yeule, hostie !

J'enlève le pied de ma bouche pis j'essaye de me reprendre sans avoir l'air d'un crisse de cornet torsade de crème molle du tabarnac

- Euh, ben rien, c'est juste que j'aimais ça pis je pensais rester une coupe de jours de plus, c'est toute, hostie.

Arya ignore complètement la réplique de Pat pis me regarde drette dans les yeux juste avant d'embarquer dans la Benz pilotée par la même tête de marde qui est toujours avec elle.

On s'assoit pis le chauffard décolle ben normal, pas comme un malade comme la dernière fois. Y'a compris le char de marde que mon chum y'a donné, hahaha !

- Dis-moi la vérité, Gérald, c'était qui dans ton lit ?

Ben voyons tabarnac…

- Voyons ciboire, Arya, reviens-en hostie ! Si je connais pas son câlice de nom, comment veux-tu que je te le dise, calvaire ?! Regarde, elle s'appelle Mousseline, tabarnac, c'est bon là ?! C'est la sœur de Caillou, câlice. Elle a grandi pis c'est devenu toute qu'une poule.

Héhé… t'in toi, hostie.

- Ce que j'aime quand tu réagis de cette façon, c'est tellement… bestial ! Mais, c'est qui ?

Les deux gars en avant nous regardent en se retournant discrètement pis en pitchant des regards par le miroir central. Hostie que je les *trust* pas ces deux crisses de singes-là… Arya a pas l'air de me croire qu'elle se nomme Mousseline, la princesse dans mon lit, haha ! Pis moi je fous le camp à plus de six mille *fucking* kilomètres d'elle.

Va falloir que je la texte, mais pas dans le char certain. Pis pas avec ce téléphone-là. Je vais trouver un moyen d'aller m'en acheter un une fois en ville, Arya va pas nous suivre tout le temps, hostie.

- Toi t'aimes ça quand je me fâche Arya, mais pas moi. J'aime pas ça être en tabarnac, pis là t'es en train de me pomper l'huile en crisse. On pourra pas travailler ensemble si tu continues à me tomber dessus comme une bonne femme qui mouille à savoir qu'elle a le contrôle sur son homme rose. Tu me donnes une job, je la fais, tu me payes, pis on en reste là, c'est bon ? C'était ça l'entente au début aussi, Arya y'avait pas de clause qui m'interdisait de coucher avec qui que ce soit, ma belle.

J'ai foutu une ambiance de marde, je le sais, mais câlice, ça va faire, hostie. J'ai même vu celui assis de côté passager sourire en coin. Y doit avoir envie de se la taper lui aussi. Quoique c'est toujours de même quand y'a une belle femme qui travaille avec un paquet d'hommes qui ont une graine à place du cerveau. Je sais de quoi je parle.

- Crisse Gerry, *man,* t'es-tu correct ? Calme-toé, câlice. Pis Aryâ, pourquoi tu veux savoir c'est qui autant, *big ?* C'est pas de tes ciboires de *business,* comme dirait un embaumeur français.

Hahahaha ! Crisse de jambon de câlice.

- Ben oui ça va, hostie ! Mais lâchez-moi avec « elle s'appelle comment », je le sais *fucking* pas, tabarnac !
- Qu'est-ce que tu me caches, enfoiré de merde ? Je ne te reconnais plus, Gérald.

Fuck off, qu'à mange de la marde. J'y dit c'est qui, je ferai avec après.

Pat voit ma face, pis y commence à me connaître parce qu'y me dit avec son regard de grand tarla de pas faire ça l'gros, d'attendre encore, que ça pourrait invertébrer avec notre job à faire.

D'un autre côté, ça me fait trop chier de partir loin de Romy sans qu'elle sache que je m'en va au putain de Canada du câlice pis que je reviendrai pas bientôt. Pis ça me stresse de faire ma job pis de cacher à Arya que je connais

Romy, pis que c'est elle qui était dans mon lit. Pis que je suis am... Non, ça je lui dit pas, haha.

- C'est Romy, Arya. T'es contente là ? Je la connais depuis le *resort,* je bandais déjà sur son cas là-bas pis c'est elle qui était dans ma chambre.

Ahhhh…. ça, ça fait du bien.

- Crisse que t'es cave, *man,* de lui avoir dit la pureté. Mais faut quand même que j'te dise que j'suis filaire de toé, Gerry. C'est toute une plotte c'te Romy là, *man.*

Merci Pat, pis ta yeule Pat…

- Tu te fous de ma gueule j'espère ? Romy, la même fille rousse avec qui je parlais à la tour Eiffel ? Je te crois pas.
- Gerry a raison *man,* Aryâ, (l'accent circonflexe est là pour rester) c'est Romy en crisse. Je la reconnaîtrais en dehors des montagnes.

Quoi ?!
- Oui-oui, c'est vraiment elle. Je m'excuse si ça te fait chier ou si ça te blesse pour j'sais pas

quelle hostie de raison, mais je vois pas en quoi ça te dérange, tu la connais pis c'est toute. J'ai déjà développé quelque chose de fort avec elle, Arya.

- Alors pourquoi tu ne me repoussais pas quand je t'ai fait des avances, Gérald ? Sois honnête !
- Parce que j'ai ben de la misère à me contrôler avec les femmes, pis t'es magnifiquement bandante, même si j'ai pris la décision d'être fidèle à Romy.

Pis ma bite prend souvent le contrôle…

- Ouais, bon, on verra bien si tu pourras me refuser éternellement.
- C'est ça, oui… Pis on va faire quoi à Toronto ? J'haïs cette crisse de ville de marde là. J'espère qu'on restera pas longtemps.
- Parce que tu veux revenir pour Romy, je savais que quelque chose ne tournait pas rond, putain.
- *Man*, Aryâ, *come on*, reviens-en, on s'en câlice-tu avec qui qu'y couche, Gerry.
- Mêles-toi de ce qui te regarde, Pat. Vous devez liquider le premier ministre.
- Trudeau ?! Hahaha ! T'es folle raide, hostie !
- Je déconne, mais son tour viendra. Il s'agit de Vladimir Poutine et Kim Jong-un.

- Voyons ciboire, tu nous niaises-tu, Aryâ ? Y doivent avoir des armées pour se dégorger, on peut rien faire, pis on est pas des mocassins, tabarnac ! Pis va chier de me dire de me mêler de mes affaissements, Aryâ.

- Des assassins, Pat. Pis oui c'est ça qu'on est. Mais y'a raison, ça fait pas de sens ! On est pas équipés pour s'attaquer aux pires criminels pis leur armée de gardes, Arya.

- Je blaguais les connards, ce ne sont que des kidnappeurs, de simples malfrats. Pas besoin de connaître leur nom. Nous allons voir un match de baseball au Centre Rogers, ils y sont.

Une crisse de chance…

Arya agit pas de la même façon depuis que j'y ai dit la vérité à propos de Romy. Y faut tu que je me sente mal, ciboire de crisse ? Ben, à vrai dire, je me sens un peu coupable. Pas que j'aurais dû y aller avec Arya, mais on s'est quand même bécotés solide, pis comme des gros hosties de cochons dans l'avion… en tk. C'est quand même moi qui lui ai chié d'in mains cette fois-ci, haha !

- Correct. On va pouvoir se concentrer, c'est même pas un sport le baseball de toute façon, pis c'est plate comme le Manitoba.
- Tu trouves ça plate pour vrai, Gerry, *man ?* Ben moé j'suis content, Aryâ !
- Les cibles ne seront peut-être pas assises dans les gradins, on va y voir plus clair une fois sur place, Pat.
- Okay, *big.* C'est toé le boss l'gros, euh, Aryâ. Mais c'est quoi des bravins ?
- Hahaha ! Ce que t'es con. T'es unique en ton genre toi, et puis tu me fais bien marrer, Pat.
- Ben merci, man, Aryâ. Ça fait des mots sur mes mœurs, *big.*

Ciboire d'hostie, elle a déjà décidé de s'attaquer à mon grand farfadet ? À switch vite madame la police.

Je me souviens pas d'avoir vu Pat rougir dans la vie, bon, ça fait pas dix-quinze ans que je le connais mais je suis un expert pour savoir comment y va, pourquoi y'est en tabarnac quand y l'est, pis même à quoi y pense, bâtard de crisse. J'suis avec lui presque 24 sur 24, je le connais déjà par cœur, câlice. *Anyway,* c'est pas comme si y'avait une personnalité très complexe à gérer.

Arya m'a pitché une paire de yeux après qu'elle ait répondu à Pat. J'imagine pour voir si ça me faisait de quoi qu'elle le complimente dans ma face. Ben, ça m'a crissé *sweet fuckall,* ça me fait même plaisir bout d'crisse, ça me débarrasse crissement plus vite que ce que j'anticipais. La journée va être longue.

On arrive à l'avion qui va nous emmener dans une des villes les plus drabes qu'y existe sur la planète. Bon, bon j'en entends me dire "Heille gros crisse, c'est super méga *hot* Toronto, okay ?" Ben non, ce l'est pas. Au pire, déménagez là-bas pis câlissez-moi patience mes hosties.

C'est le même avion, même numéro pis toute. Ça doit être celui réservé à l'équipe.

- Est-ce qu'on va à l'hôtel avant la job, Arya ? À quelle heure on va au stade ?
- Oui, je passerai vous prendre plus tard. Pourquoi tu demandes ? T'as envie de moi et tu

voulais savoir si nous avions le temps de baiser ?

Pourquoi faut toujours que ce soient des hosties de folles du tabarnac ? Qu'est-ce qui se passe avec les bonnes femmes ?

- Haha, nonon, c'est pas ça pantoute, Arya, désolé de te décevoir, je voulais juste me décrotter avec une douche chaude. Pis je veux prendre au moins juste trente minutes pour bouffer quelque chose, autre chose que de la crisse de bouffe d'avion oxygénée du saint-ciboire d'hostie.
- Haha ! Gerry, t'es un crisse de malade, *man.* Pis en passant, si t'as pas envie de fourrer Aryâ, (ben plus *sex* avec l'accent circonflexe) j'peux l'faire, l'gros.

Arya se retourne vers Pat pour le dévisager mais sa face a quand même l'air perdue, ou confuse. Je pense pas qu'elle sache ce que fourrer veut dire en québécois mais elle doit ben se douter que c'est pas un mot d'amour, hostie.

- Bon d'accord, ça va j'ai compris. Alors vous irez bouffer où bon vous semble, mais vous devez être prêts quand je le dirai. Vous avez deux heures trente.

Elle nous *shoot* ça en regardant sa montre. Son calcul mental a l'air sua coche, haha ! Au moins je vais avoir le temps de jaser avec Pat du cas d'Arya, pis texter Romy, mais avec un nouveau cellulaire que je vais acheter juste avant d'aller bouffer.

*

Après qu'elle nous ait droppé devant l'hôtel *Sheraton* de Toronto, Pat pis moi on est montés tout de suite à la chambre.

- Crisse, Gerry, c'est vraiment beau icitte, j'en ai le soufflet vidé, *man.*
- Haha… hostie de plouc du câlice. Faut que je te parle de quelque chose là, faque écoute-moi pis fait pas le tata. Mais pas tout de suite, après une douche.
- Okay, *man.* Monsieur fait son mielleux.
- Pas mielleux, câlice, Pat, c'est pas ça que ça veut dire.

- Bon, bon, monsieur fait son frais chier de crisse, y'est nirudit en plus d'être mielleux. Hahaha !
- Hahaha ! Crisse que t'es cave ! Mais je t'aime de même mon grand tabarnac.
- Wow câlice, merci Gerry, *man.*
- Ça me fait plaisir. Bon j'y vais, mes doigts sentent encore le vagin, hostie.
- De kessé t'as dit *man ?* Tes doigts sentent la touffe pour vrai ? La plotte de qui ça, celle de Romy ?
- Tu veux que ce que ce soit celle de qui hostie, Christina Aguilera ? J'ai juste couché avec l'ange rousse, fastoche.
- Haha ! T'es t'un esti de malade, Gerry. Certain que j'aurais aimé ça qu'ce soit Christi-chose. Est bandante sur un crisse de paon l'gros. Mais sérieux *man,* j'veux sentir tes doigts avant que t'aille te laver l'gros. Si j'peux pas la fourrer, au moins j'va pouvoir savoir ce qu'à sent, tabarnac.
- Haha ! Crisse de tarla, t'es tu fou, hostie ?! Voir que j'vais te laisser y sentir sa parfaite petite chatte rose.
- Arrête ça Gerry, *man,* c'est juste tes doigts, c'est pas sa vraie touffe. T'as yinque à pas y dire, ciboire ! Awèye, donne-moé lé tes mains, *man,* fais pas l'écologiste, *big.*

Ça dégénère encore pendant un petit boutte pis je finis par plier pis je lui laisse me sentir les... Êtes-vous malades, câlice ?! Haha ! Je finis par embarquer dans le bain après avoir appelé Romy assis su'l bol. Je voulais entendre sa voix angélique et sexy. Ç'a pas duré longtemps, elle m'a dit qu'elle prenait le prochain vol en souriant de façon céleste avant de presque me raccrocher dans face. J'ai déjà hâte de la voir, hostie. Mon pénis me donne des coups de sa tête de gland.

Elle vient ici Romy, n'est-ce pas ? Dis oui, Gérald, s'il te plaaait...

Haha... oui mon ti-casse, t'inquiète pas.

Sauf que je serais pas là quand elle va arriver, mais je lui ai laissé une clef de la chambre à la réception, héhé. Avec le nom Eva Green, vous en faites pas, je l'ai averti.

Après avoir dit à mon pénis qu'y pouvait pas attendre Romy à l'hôtel pour la réchauffer de manière obscène, on est sortis pour bouffer du *fast food* parce que c'est pas notre genre *anyway,* de manger comme des lèches-fions ben assis à une table avec une crisse de nappe *fancy* du câlice assortie avec ses *napkins* en tissus de deux pouces d'épaisseur du tabarnac. Pis des serveurs avec un bâton de quatre pouces de diamètre dans le cul qui se retrouvent avec la face bourrée de craquelures à force d'essayer de sourire comme des cornets trempés dans la sauce au chocolat.

Arya est passée nous prendre cinq minutes avant son délai imposé. Y'ont changé la Benz version bolide pour un gros crisse de Suburban de l'année. C'est pas un *truck* ça, c'est un *Tonka,* hostie. Sauf qu'y est pas jaune pétant comme nos versions jouets du temps, y'est aussi noir qu'une belle-sœur africaine durant une panne d'électricité.

On arrive au stade pis on se *park* près d'une porte où c'est écrit *"Emergency exit only".*

- Ça va être *cool,* y manque juste Rodger Brulotte pour nous décrire ce qui se passe, *man !* T'es t'un *fucké,* Gerry, de pas aimer le base.

- Brulotte peut ben s'étouffer en mangeant ses toasts, m'en câlice, c't'un gros tarla cet hostie là. Pis le "base" comme tu dis, ben c'est encore plus plate que de regarder le golf à la télé un dimanche après-midi ensoleillé.

J'avais parlé de mon plan à Pat en bouffant nos burgers chez Wendy's plus tôt. Je lui ai dit qu'y faudrait s'occuper des deux collègues d'Arya avant de s'attaquer à elle. Qu'on pourrait attendre qu'y se dirigent aux bécosses, pis une fois seuls avec eux, on leur tranche la gorge quand y sont en train de pisser. C'est clair que ça va arriver, pis y vont pas nulle part tout seul, y sont toujours ensemble, j'imagine qu'y se pompent mutuellement le salami aussi, quand y s'emmerdent.

Arya est étrangement calme et silencieuse.

Y'avait l'air heureux de mon *planning,* mais y m'a quand même demandé si y'avait le temps de fourrer Arya avant d'y faire la peau. Y m'a aussi dit que peut-être qu'à voulait pas nous faire enfermer, mais qu'on avait pas de manigances à rendre…

Pis Romy a raison, je vois pas pourquoi madame la police ne nous pitcherait pas en prison une fois qu'elle en aurait terminé de se servir de nous deux. On est aussi ben de régler tout ça le plus vite possible.

- Suivez-moi les mecs, les deux cibles sont assisent au bar en train de boire une bière pour le moment. Je vous signalerai par téléphone leur position exacte. Attendez qu'ils soient seuls, et faites ce que vous avez à faire. Je vais vous attendre au kiosque A8, celui qui vend des trucs de l'équipe locale, les Blue quelque chose, on s'en fou, ce n'est qu'un sport de merde. Vous viendrez me rejoindre lorsque vous aurez accompli votre mission. Amusez-vous, et pas de conneries ! Voilà leurs tronches sur une photo 8 et demi par 11.

On laisse Arya où elle est pis on part vers le toit du Centre Rogers après s'être informés du chemin à prendre. Pat pis moi on a convenu de liquider les deux bozos d'agents au plus crisse, qu'on aurait juste à s'occuper d'elle par la suite. C'est risqué mais y faut ce qui faut.

J'ai dit à Pat de faire ses adieux à Arya mentalement, parce que si tout se passe comme je l'ai prévu, on la reverra pas avant de la tuer. À force de massacrer tout le corps policier de la planète, ben une petite partie au moins, y vont ben finir par nous laisser tranquilles pis chier dans leurs *shorts* bout d'crisse d'hostie. Hahaha ! Ouin, je compterais pas trop là-dessus... on va en avoir pour des années à se pousser de la popo...

- Je vais fermer le cellulaire qu'Arya m'a donné, comme ça elle pourra pas savoir on est où.
- Mais dans le fond là, Gerry, *man*, on est pas obligés de les tuer les deux gars qu'à veut qu'on fasse la passe. On a juste à s'occuper de ses goguègues pis d'elle après.
- Je sais ben, c'est ce que je viens juste de te dire. Pis j'avais pas l'intention d'en tuer d'autres que ceux pour qui on travaille...
- Okay, Gerry, *man,* on fait ça. Pis j'commence à m'ennuyer de la petite Offi... la fille du balai là, l'gros, j'peux-tu l'emmener avec nous autres d'abord ? Ça va me faire de quoi me mettre sous l'agent en attendant d'en trouver une encore plus plotte, pis moins folle, tabarnac. Crisse Gerry, à me mordait le bat ! Ben pas mordre là

mais... comment on dit ça ? Morviller ? Suroter ?

- Hahaha ! Mordiller ?

- Oui *man,* c'est ça ! Hahaha ! Ça me chatouillais au début mais ciboire, j'avais l'immersion qu'à me grugeait le casse avec ses palettes de dents. Pas envie de saigner de la graine non plus, tsé.

- Haha ! T'es con ! Ok, go, passe devant moi, on va aller se placer proche des agents, pis à minute où y sacrent leur camp aux toilettes, on les suit pis on les égorge.

- Parfait ça mon Gerry ! Pis ? La plotte danseuse de balai là, j'peux-tu l'emmener ou non ? *Come on man,* fais pas ton pogné de la raie.

- Fais donc ce que tu veux, câlice ! Qu'est-ce que tu veux que ça me crisse, tant qu'est *cool* avec moi pis qu'à nous fait pas chier, j'ai pas de problème avec ça.

- *Shit,* merci l'gros, ça c'est vraiment *cool.* Tu vas voir Gerry, j'va lui dire de se garnir la coquille, t'inquiète pas.

Ça bouge pas fort du côté de face de rat pis tête de marde. Y boivent leur boisson en regardant partout autour d'eux. y *swing* de temps en temps leurs mains dans les airs pour éloigner des mouches pis jasent à voix basse. Je les ai pas vu sourire une crisse de fois. C'est à croire qu'y sont faits en argile, ciboire.

- Ça va tu être long avant qu'y aillent aux bécosses, *man* ? Moé aussi faudrait que je pisse.
- Je l'sais-tu hostie !? Ça fait déjà une coupe de bières qu'y prennent, ça devrait pas tarder j'imagine.

Le match commence, le monde s'assoit, ou reviennent avec des hot-dogs aussi longs que le Titanic, des pretzels gros comme le *chest* au géant Ferré ou des assiettes de nachos qui débordent de sauce au fromage pis qui leur coulent sur leurs bermudas. C'est le moment que choisissent nos deux agents double-mardes pour aller évacuer un premier pipi.

J'avais pas encore fermé mon crisse de téléphone. Arya m'a texté.

- Alors, ça va ? Vous les avez repérés ?

Je lui réponds pas pis je le ferme enfin. Là, faut se grouiller avant qu'elle s'inquiète.

Take me out to the ball game...

Hostie de toune épaisse pour un sport d'épais...

- Awèye Pat, faut pas les perdre de vue ces deux crisses-là.
- Ciboire *man,* j'suis tout excité comme si on me donnait ma première pipe, Gerry. C'est ophtalmique, l'gros.
- Hahaha ! Regarde à ta droite, y rentrent dans les toilettes là-bas, à côté du restaurant *Subway.*
- C'est bon, *man,* on y va. Mais, heille, on fait quoi si y'a du monde ? On attend ?
- En autant que possible oui. Mais si y'en a dans les cabines, on s'en occupe pas, okay ? On les dérange pas pendant qu'y font leur caca.
- *Good.* J'aime comment tu rances, *man.*

Comme dit Pat, je "rance" que c'est la meilleure solution.

Faque on passe la porte genre cinq secondes après les deux agents de mes deux pis on fait semblant de s'occuper de nos affaires. On se tient loin des miroirs pour pas qu'y nous voient, pis à la seconde où y sortent leur graine de leur pantalon devant les urinoirs, Pat pis moi on se dirige vers eux. Y'a personne d'autre que nous, même dans les chiottes, Pat a vérifié en se penchant pour voir en dessous. En même temps, on met la lame de nos couteaux respectifs sur leurs gorges. Les deux font le saut en tabarnac, en échappent même quelques gouttes de pisse sur leur pantalons repassés du FBI.

- Qu… qu'est-ce que vous foutez les gars ?

Dupont et Dupont commencent à suer leur vie.

- Si tu bouges autre chose que pour te secouer le bat, je t'égorge comme une chèvre mon câlice de rat de crisse.
- Si vous nous tuez, vous n'irez pas très loin, Arya mettra tous les flics de la planète à vos trousses bande d'enfoirés.

- Ça nous dérange pas pantoute, hein, Gerry ? On prend le bourreau par les mornes pis on fait nos propres choix, *man.*
- Exact, mon chum. T'es prêt ?
- Ne faites pas…

Go !

Deux secondes plus tard, on fait le même *move* Pat pis moi. Un tranchage de gorge de gauche à droite, d'une oreille à l'autre. Le sang coule de leur cou comme la chute Niagara, ça tombe ben en plus, on est à Toronto, les chutes sont pas ben loin, hahaha ! Un meurtre concept, hostie.

- C'est *hot* le son que ça fait quelqu'un qui se vide de son sang par-là, hein l'gros ? J'adore ça couper des gorges, *man.* C'est aussi facile que de se beurrer une *toast* au beurre de pine.

On les relâche ensemble pis les deux hosties de rats du FBI s'écrasent à terre comme des pantins désarticulés, avec leurs bites molles sorties de leur *pants.* Y baignent dans leur sang comme un bébé dans une pataugeoire.

- Ciboire, Gerry, c'est déca... dent ? C'tu ça, l'gros ? Dégradant ? Dégradant, de mourir de même, avec la graine qui fait coucou.

- Wow, bravo Pat. C'est drette ça, tu t'en viens bon en tabarnac, mais y'est câlissement pas question que je touche à ça, même avec une perche de vingt pieds. Qu'y mange de la marde, c'est pas moi qu'y va y rentrer dans ses *shorts*.

- Je l'sais man, j'suis pas un cave. Mais tsé, les pauvres gars sontaient jusse en train de pisser, ciboire. Aimerais-tu ça toé crever en plissant ? En pissant ? Hein? T'in câlice, deux en deux. J'm'arméliore, calvaire.

- Tu t'arméliore certain mon chum. Haha !

On sort des bécosses en faisant semblant de rien, les mains dans les poches. Quand je sifflote, moi en général, c'est du Joe Dassin, pis j'ai aucune crisse d'idée pourquoi. J'imagine que Joe, quand y'a commencé à chanter, ben y'est sorti des toilettes publiques avec les mains encore mouillées parce qu'y a jamais de câlice de papier dans ces hosties de putains de grosses vaches sales de chambres de bain collantes pis puantes là du saint-ciboire. Pis les crisses de machines qui soufflent de l'air sur tes tites mimines, ben ç'a l'air que c'est encore pire du côté hygiénique, c'est Sheldon dans l'émission *The Big Bang Theory,* qui l'a dit. S'cusez.

- Comment on fait pour savoir est où Aryâ, *man* ? (ouaip, même en sachant qu'y va la tuer, Pat la baptise quand même de l'accent circonflexe)
- T'es sérieux mon grand tabarnac ? Crisse, Arya vient juste de nous le dire, v'là pas une demi-heure ! Elle nous attend au kiosque A8, celui qui vend des gogosses des hosties de *Blue Jays de Toronto.* Mais elle pense qu'on est en train de tuer ses deux "cibles", faque à doit être en train d'essayer de nous rejoindre sur le cellulaire. Est peut-être même déjà parti à notre recherche, hostie.
- Calme-toé Gerry. On va la pogner, *man.* T'as-tu réussi à parler avec Romy ? Kesse qu'à câlice filalement, à vient tu te r'joindre icitte ?
- Oui. Elle va m'appeler quand elle va arriver au *Sheraton.*
- Hein ? Kessé ça tabarnac ?!
- Le *Sheraton,* hostie de câlice, c'est le nom de l'hôtel, calvaire !

- Heille, les nerfs mon malade, *man,* j'pense que j'la voué. Mais c'est qui les deux gars avec elle, Gerry ?

Fuck ! Pourquoi est pas toute seule ? Elle a sûrement essayé de rejoindre ses partners pis quand elle a réalisé qu'y répondaient pas, elle en a appelé d'autre bout d'crisse ? What the fuck ?! Y sont combien, tabarnac ? Y va nous falloir plus de temps, fuck it, on décrisse. Si elle nous voit, c'est fini. On peut pu revenir en arrière anyway, on vient de tuer ses deux acolytes du câlice…

- Pat, *fuck off* mon chum, on s'en va d'ici. On est dans marde si on reste au stade. Y faut aller chercher Romy pis qu'on décrisse quelque part en avion.
- Ah ouin, *man ?* Un p'tit peu amer, un p'tit peu mémère comme on dit, hein Gerry ?
- Quoi !? Hahaha ! On va dire que oui pour te faire plaisir, c'est bon ça mon champion ? Vite, y'ont l'air de chercher de quoi sur leurs téléphones.

On finit par sortir du *building,* essoufflés comme un gars qui pompe l'huile après avoir fait son *jogging* pis qu'y se grille une clope pour célébrer sa session de course à pied.

Je trouve une poubelle pis je sacre le cellulaire qu'Arya m'a donné dedans au cas où elle nous retrace grâce à ça. C'est le *FBI* ciboire, y'ont sûrement tous les moyens pour retrouver quelqu'un, à moins d'être crissement ben caché.

En sortant mon nouvel Android de mes poches, y'est à moi celui-là, héhé, j'appelle Romy pour lui dire de sortir de l'hôtel, qu'Arya s'en venait probablement bientôt mais elle me surprend encore.

- Salut belle rousse, je veux juste te dire de sortir, Arya…
- Ça va, Gérald. J'y suis allée avec vous, j'avais pas confiance en elle, et là, vous avez tué deux de ses gars. Ça finira pas tant que le boss sera en vie, mon beau. Et puis Reinhold s'en vient, il est dans un avion pour Montréal.
- Wow ! Parfait, c'est *hot* de sa part ! Peux-tu nous téléporter n'importe où ?
- Gerry, *man,* faut que j'aille pisser l'gros. Attends-moé. Y'a une bécosse juste là là. J'en ai pour deux z'gondes.

Pis y part comme une grande hostie de perche les mains dans les poches.

- Haha ! Je peux pas téléporter trois personnes si c'est ce que tu veux savoir. C'est deux maximum, j'ai fait le test avec mes deux parents et mon père est resté derrière, hahaha ! Je suis désolée, si on voyage à trois, faut prendre une voiture ou faire le voyage téléporté chacun votre tour mais je sais pas combien de fois d'affilée je peux le faire. Et puis je ne veux pas en abuser, de ce don, Gérald, c'est précieux, c'est comme si on me donnait une offrande que je ne peux toucher, saisir de mes mains. Et je crois que si je l'utilise trop souvent, qu'il me sera retiré. J'espère que tu comprends, ne m'en veux pas.
- Je t'en veux pas certain...
- Allez dans un café ou un resto pas trop loin, je passe vous prendre pis on va se cacher en attendant l'arrivée de Reinhold. Il a un plan pour se débarrasser des flics...
- Heille, oublie pas Gerry, j'veux aller chercher Off-patente, *man* !
- Ben non, mais on va quand même demander l'opinion à Romy.

- Ben ouin, c'est ça hein... toé tu l'as déjà ta greluche, moé, ben on verra câlice. Ma mère me disait ça quand ch'tais jeune, on verra... pis finalement, c'tait tout le temps non.

Je croirais entendre un enfant gémir hostie... Faque je viens pour me foutre de sa gueule mais Romy me coupe ça sec comme une noune de nonne en nous criant de baisser notre tête, parce qu'elle a vu Arya dans une auto juste derrière nous.

-JE VAIS TE TUER SALE ENFOIRÉ !!! qu'elle gueule en sortant sa tête par l'ouverture de Sa fenêtre.

Oh, madame la police est fâchée...

Fin

Ce n'est pas terminé mes hosties, y fallait que j'arrête, le livre est assez gros, pis avec le prix de l'expédition, ben y faut se limiter. Mais les nerfs tabarnac, j'arrêterai pas cette histoire tout de suite, j'en ai en crisse à vous raconter, aussi longtemps que ça vous tentera.

Pis quand vous en aurez eu assez de mes niaiseries, ben vous me direz : Gerry, ta yeule avec tes histoires, on en a plein notre crisse de cul.

Remerciements

Je tiens à remercier en premier lieu, ma femme Andra, ma meilleure amie, ma complice de toujours, sans elle, rien de cela n'existerait. Pas de livres, pas de Gerry, pas de Pat, pas d'Olivia, pas de Jade...

Mes amies admins et modos de la page des Lecteurs de romans noirs, horreur et policiers, merci pour votre intérêt envers mes œuvres, je vous aime fort !

Mes lecteurs, même s'ils sont peu nombreux, me comblent de bonheur et de fierté de par leurs commentaires touchants.

Mes inspirations, mes amis auteurs et auteures, merci pour vos encouragements, vos bons mots et votre sourire.

Merci à mon ami Louis (Alex Tremm) pour ton amitié, tes précieux conseils, ta bonne humeur.

Printed in France by Amazon
Brétigny-sur-Orge, FR

15102935R00152